LEIRE VERGARA

CERCA DE LAS PLAZAS DE SOBERANÍA

LETRA CANICHE

La presente edición ha contado con una ayuda del Departamento de
Cultura y Política Lingüística del Gobierno Vasco.

CANiCHE

Caniche Editorial, S. L.
Marzana, 14, sótano A
48003 Bilbao

canicheeditorial.com
canicheeditorial@gmail.com

Cerca de las plazas de soberanía
Leire Vergara

© De los textos: Leire Vergara
© De las imágenes de cubierta: Xabier Salaberria, *Îlot Persil*, 2015
© De las fotografías: sus autores
© De la edición: Caniche Editorial, 2023

Diseño: Setanta

ISBN: 978-84-125833-9-7
Depósito legal: BI 00852-2023
Impreso por Grafilur
Impreso en España

A la lluvia

Índice

INTRODUCCIÓN

Estudiar un lugar prohibido, un lugar al que no se puede acceder, implica preguntarnos en qué consiste exactamente la práctica del estudio y cómo se produce. Las plazas de soberanía —término histórico con el que se denomina a los enclaves españoles repartidos por la costa del norte de Marruecos— son lugares de acceso prohibido, sus alrededores permanecen monitorizados militarmente, su historia se mantiene oculta. Llevarlas a la esfera de una investigación desde el comisariado y convertirlas en caso de estudio implica invocar una amplia gama de herramientas y disciplinas con el fin de acceder especulativamente a su opacidad. Saberes, prácticas, metodologías, conceptos y fuentes que permiten pensar el estudio curatorial como un ejercicio de experimentación donde todo es susceptible de ser redefinido; no solo aquello que nos rodea y las condiciones que lo producen, sino también la posición que ocupamos de partida. ¿Qué es lo curatorial?, ¿qué clase de lente, de herramienta es esta? Y por consiguiente, ¿qué tipos de conocimiento genera?

Mi investigación partió del deseo de estudiar y trabajar con esos lugares inaccesibles y, a través de ellos, (re)pensar las formas que nos gobiernan. Articulados en torno al concepto de soberanía, estos enclaves proyectan espacios de negación colectiva a partir de dinámicas propias de vaciado, materializadas en el hecho de permanecer deshabitados y de soportar una desatención política de facto.

Si examinamos con atención su indeterminada condición jurídica, inmersa en la actual gestión migratoria, que extiende las fronteras más allá de los territorios soberanos, nos topamos con el vacío normativo que rodea estas demarcaciones y con los oscuros parámetros que posibilitan la gestión de las fronteras europeas en África. Su estatus ambiguo fomenta una filtración constante de los abusos del colonialismo, que traspasan las capas del tiempo histórico hasta encajarlos en una clasificación contemporánea de la ciudadanía aplicada al actual flujo migratorio de África hacia Europa.

Mi interés por las plazas ha sido cómplice, desde el inicio, de la propuesta que Étienne Balibar plantea en su ensayo *Nosotros, ¿ciudadanos de Europa? Reflexiones sobre la ciudadanía transnacional* de reconocer «las zonas fronterizas no como territorios marginales y periféricos en la configuración de una esfera pública, sino, por el contrario, como espacios, lugares centrales desde los que articularla»[1]. Considerar los reductos territoriales españoles en el norte de Marruecos como herramientas útiles para imaginar nuevos procesos de producción de esfera pública significa trasladarlos desde su posición subalterna a un emplazamiento central para pensar las dinámicas que gobiernan todo aquello que nos rodea: el contacto entre realidades, sujetos, objetos, vidas e imaginarios.

Este libro se despliega como un mecanismo relacional entre elementos de distinto origen. Enclave y concepto se ofrecen como una articulación improbable entre prácticas y esferas, entre geografías, poderes y flujos, entre lo individual como lugar de enunciación y lo colectivo como potencia transformadora, entre saberes, miradas y olvidos, entre pasado, presente y futuro. Cada par, un lugar y un término, forman un conjunto específico de combinaciones que nos ayudan a acercarnos, o quizás mejor incluso, a perdernos, a merodear, rodear, rondar cuestiones históricas, políticas, teóricas, artísticas, curatoriales.

1

ISLA DE PEREJIL: DISPOSITIVO

Miércoles, 8 de abril de 2015

Trankat está situado en el centro de la medina. Los indicadores visuales para llegar a Dar Ben Jelloun sin perderse son:

Tejado de madera
Pequeña plaza (cruzada en diagonal)
Buganvilla
Pequeña mezquita
Colchón apoyado en la pared
Dos signos escritos: N1 + una flecha
Restaurante cuyo propietario habla español y sirve un menú barato y sabroso (tendremos que ir a almorzar allí algún día)
Callejón de puestos de comida
Buzón amarillo
Un par de bolardos de estacionamiento.
Puerta de Jamaa el Kebir (la gran mezquita de la medina).

El ensanche español fue construido en 1917 siguiendo el estilo regionalista andaluz en el que predominan los elementos decorativos neomozárabes.

Al parecer, las fachadas de los edificios estaban originalmente pintadas en diferentes colores. Sin embargo, hoy en día, son todas de color blanco con contraventanas verdes, no hay diferencia entre el color de las paredes de estas casas y las de la medina.

No ha parado de llover desde que llegamos a Tetuán.

Los acantilados de Belyounech

Nuestra visita a la isla de Perejil tuvo lugar el sábado 11 de abril de 2015. Nos desplazamos desde Tetuán hasta los acantilados de Belyounech. Era un día lluvioso. Hicimos el viaje en taxi y Xabier Salaberria decidió documentarlo con una cámara digital. Las fotos del trayecto fueron tomadas de manera un tanto arbitraria, porque el taxista decidía por nosotros dónde parar y dónde no para conseguir los mejores puntos de vista sobre la costa. Cuando llegamos a la zona de Belyounech, nos pareció que el enclave debía estar cerca. Reconocimos inmediatamente el paisaje rocoso que habíamos visto tantas veces a través de internet. El coche se detuvo donde terminaba la carretera y, justo delante del lugar donde aparcamos, vimos un puesto militar marroquí formado por un par de barracones precarios. No vimos presencia militar española en la zona, algo que nos sorprendió porque a lo largo del camino habíamos podido distinguir varios cuarteles marroquíes custodiando la costa, que permanecía en calma. Nos bajamos del coche y Xabi se puso a fotografiar el lugar con su cámara digital hasta que encontramos las ruinas de un antiguo búnker, que decidió capturar con su cámara réflex.

Una de las obras de Salaberria que habíamos seleccionado para la sesión del grupo de lectura que realizaríamos conjuntamente en el espacio independiente de residencias Trankat, y que además nos había inspirado preparando esta visita a Perejil, era su inacabada *El Muro Atlántico,* una propuesta que desarrolló para la exposición colectiva *The Society Without Qualities,* comisariada por Lars Bang Larssen en el Tensta Konsthall de Estocolmo en 2013. El Muro Atlántico —la extensa línea de fortificaciones desplegada desde Escandinavia hasta el golfo de Vizcaya que fue construida por la Alemania nazi entre 1942 y 1944— era una referencia histórica para esta visita, al igual que lo fue para su investigación artística relacionada con la obra que había quedado inconclusa por no conseguir el presupuesto suficiente en Estocolmo. Atraídos por su interés por las construcciones bélicas de hormigón armado, Salaberria y yo nos metimos en el búnker para fotografiar la carcasa, sin darnos cuenta de que alguien nos observaba desde cerca. Un soldado marroquí con un fusil colgado del hombro se acercó a nosotros para indicarnos que estaba prohibido hacer fotos en cualquier lugar de la zona. A pesar de sentirnos intimidados por su presencia, decidimos preguntarle si podíamos quedarnos allí y visitar los acantilados desde donde se ve la isla de Perejil. Asintió afirmativamente: podíamos quedarnos, pero sin tomar más fotografías.

En cuanto se marchó, le dije a Xabi que debíamos seguir la advertencia y que ya me las arreglaría luego para incluir lo sucedido en el texto. Reaccionó de inmediato.

—¿Estás bromeando? Vamos a intentarlo.

Accedimos a un camino que corría paralelo al acantilado, el taxista nos acompañó. A unos metros del puesto militar, nos topamos con el islote. La vista era imponente, su volumen, mayor de lo que había imaginado, se alzaba sobre un mar en calma. La cámara de Salaberria estaba cargada con un carrete de transparencias. Antes de llegar a Marruecos, habíamos acordado documentar la isla con diapositivas para diferenciar las nuevas tomas de las muchas imágenes digitales que circulaban por la red. La luminosidad, el tiempo de exposición, el encuadre y la dificultad de ajustar el enfoque manual eran detalles que el artista quería que se tuvieran en cuenta y actuaran en la ejecución de la captura. Consideraba que las decisiones tomadas en ese momento revelarían las condiciones específicas de la producción de las imágenes. Que los detalles configurarían la posibilidad de congelar visualmente ese instante en ese lugar.

Salaberria había empezado a fotografiar el enclave cuando nos dimos cuenta, gracias al taxista, de que un segundo soldado nos observaba. Guardó rápidamente la cámara. Era el momento de irnos de allí. Inmediatamente después, vimos que se dirigía hacia nosotros y temimos que nos confiscara la cámara o la película, pero cuando finalmente se acercó, comprobamos que era alguien bastante joven cuyo turno había terminado, por lo que volvía al puesto para descansar. En ese momento, decidimos marcharnos, con la esperanza de que las pocas imágenes que había tomado Xabi hubieran salido bien.

Esta pequeña escena da cuenta de la situación en la zona inmediata a la isla de Perejil una mañana de un sábado cualquiera. Un lugar que inicialmente no parece estar vigilado o al menos no tan vigilado como imaginábamos tras el *casus belli* entre España y Marruecos desatado por la ocupación del islote por parte de la Marina Real marroquí en el verano de 2002. Una zona costera en calma que recordaba a muchas otras localidades del Mediterráneo, salvo por los sencillos barracones que proliferaban en las inmediaciones con soldados marroquíes apostados.

Lo narrado se corresponde con la única visita que hice a este emplazamiento durante mis tres estancias en Marruecos ese año. A pesar de no volver al lugar concreto, hablé de él con muchas personas diferentes mientras estuve allí. Algunas nunca habían oído hablar de Perejil, otras sí lo conocían, y alguien en concreto tenía una estrecha relación con la zona e incluso con el propio enclave. Esta persona es Mohamed Larbi Rahhali, un artista nacido en Tetuán en 1956, que reside y sigue trabajando en esa misma ciudad. La peculiaridad de la obra de Rahhali, y su punto de contacto con la isla, tiene que ver precisamente con el tema principal de su pintura y escultura: el mar y la costa cercana, una aproximación en gran medida cotidiana, determinada por sus propias condiciones de vida (el artista consigue sostener su práctica gracias a su trabajo de pescador). Meses más tarde, visité su casa taller, situada en el barrio de El Aaiún —uno de los más humildes de la medina—, junto al también artista Younes Rahmoun, quien me había hablado previamente de la conexión de Larbi Rahhali con la isla de Perejil, después de llevar muchos años navegando y pescando en la zona. La visita a su estudio me atrapó inmediatamente. Nada más llegar nos encontramos con un universo de objetos que conforman el particular cuerpo de trabajo del artista. Listos para ser animados por sus manos, dispersos por el espacio, se nos ofrecían como modelos pictóricos o escultóricos a la vez que como agentes activos en la composición de una compleja cosmología propia del presente tetuaní. En el centro de la habitación estaban las pequeñas cajas de cerillas sobre las que el artista ha pintado durante décadas, de manera recurrente, paisajes marinos u otros motivos acuáticos pertenecientes a su entorno próximo. El interior de las cajitas funciona como la estructura mínima que da soporte a la obra, se ofrece como una superficie lisa acotada sobre la que intervenir. El carácter bidimensional de la pintura de Rahhali se despliega intermitentemente sobre un espacio arquitectónico delimitado, un lienzo fragmentado en mínimas partículas que conforma un cuerpo de trabajo en busca de una mirada atenta sobre escenas escogidas. La monumentalidad de la obra discurre a través de la temporalidad de una práctica que se expande sin límites a través de la insistencia por ocupar con pintura las innumerables pequeñas superficies.

En el centro de la sala descansaban apiladas las cajas, algunas vacías, otras pintadas, mostrando series que daban cuenta de una práctica basada en la repetición, mapas, objetos y escenas cotidianas, una junto a la otra, una sobre la otra. Había cientos, miles de ellas, algunas ya ensambladas, otras en proceso de producción, a la espera de ser trabajadas. Un estudio donde el artista había organizado una pequeña infraestructura de autoabastecimiento que le permitía producir él mismo las cajas (recientemente se habían dejado de fabricar cerca de Tetuán). Sin querer intimidarle, Younes y yo empezamos a hacerle algunas preguntas sobre su trabajo como pescador y sobre el islote. Tenía curiosidad por conocer las condiciones de vigilancia de las aguas que rodean Perejil, más allá de la experiencia vivida con Xabi hacía ya unos meses. En concreto, me interesaba saber algo que hasta ahora había sido pura especulación para mí: la recurrente llegada de migrantes subsaharianos al islote reclamando asilo político, de la que no había podido encontrar ningún tipo de informe. Me sorprendió la rotundidad de su respuesta.

—¡Sí, llegan continuamente! Atraviesan el mar incluso sobre cámaras inflables de ruedas de camión. Pero son directamente expulsados. A nadie se le permite entrar en la isla.

Las viejas plazas

Perejil es un pequeño islote rocoso deshabitado situado a 8 kilómetros de Ceuta y a tan solo 200 metros de la costa de Marruecos, y supuestamente no está reclamado por ningún país. Hasta el día de hoy, al no pertenecer a ningún Estado, se considera de facto un emplazamiento sin propietario (este tipo de territorios sin dueño son denominados *terra nullius*, tierra de nadie). El término dispositivo fue el que compartí con Xabi Salaberria a la hora de seleccionar algunas de sus obras para la primera sesión de lectura que organicé en Trankat. La palabra nos acompañó *in situ* y ayudó a dar forma a la aproximación documental al islote que desarrolló el artista como respuesta a mi invitación. A través de este concepto se ponía en juego una relación inesperada entre las plazas y nuestras prácticas, proponiendo, en primer lugar, la búsqueda de un punto de partida desde donde observar los mecanismos que sostienen la configuración de su propia excepcionalidad y, en segundo lugar, la reconsideración de las dinámicas que articulan nuestro trabajo artístico y curatorial.

Los enclaves, controlados por fuerzas militares, proyectan a través de su acceso restrictivo una ambigüedad territorial sostenida por el peso de la historia. Pero ¿qué historia?, ¿de quién?, ¿de qué?

Las llamadas plazas de soberanía responden a una geografía trazada en el pasado que ha conseguido sustentar un espacio de excepción a través de las capas del tiempo histórico. Su existencia dilatada contrasta con el ritmo de su cotidianidad, que parece suspendida en una realidad sin tiempo. Acercarse a sus alrededores genera una extraña desorientación, parece como si su única función fuera la de crear confusión en los límites entre un lado y otro, entre los diferentes trazos temporales que conforman su historia. Los relatos existentes son reflejo de su propia forma geográfica discontinua. Cada uno de estos territorios presenta una realidad propia y aislada, por lo que carece de sentido tratar de buscar una historia compacta que los explique. La materia de la que bebe la historia de las plazas se compone de fragmentos temporales separados, conectados y desconectados entre sí de manera interrumpida. Quizás se dé un ocultamiento intencionado en dicha fragmentación. Unir y desunir los pedazos para revisar instantes de su materia histórica es además un ejercicio caprichoso. Unirlos en un relato compartido nos ofrece la posibilidad de delimitar una geografía difusa. Desunirlos nos devuelve a la realidad de su desconexión. La combinación de ambas posibilidades nos mantiene alerta en el intento de aproximarnos a su naturaleza fragmentada. Crear una mirada conjunta debe acompañarse de la posibilidad de volver a desunir los trozos. Empecemos por el conjunto. La división tradicionalmente aceptada habla de cinco plazas. Dos plazas mayores: Melilla (desde 1497) y Ceuta (1580), y tres plazas menores: el peñón de Vélez de la Gomera (1508), las islas Alhucemas (1673) y las islas Chafarinas (1848). El contexto histórico en el que surge el epíteto de «plazas de soberanía» coincide con la empresa colonial moderna del siglo XIX en África, cuando estos territorios debían desmarcarse de las áreas que en ese momento eran objetivo colonial. Esta distinción debe situarse dentro de una perspectiva más amplia para comprender la lógica de la clasificación de los diferentes periodos de ocupación en la zona. Me refiero específicamente a la división precisa entre la historia de la ocupación de estos enclaves, que se inicia a finales del Medievo y que se extiende hasta la colonización moderna del siglo XIX, y las campañas en los territorios de Ifni (ocupados en 1860), el Sáhara Occidental (en 1884) y el Protectorado español de Marruecos (establecido en 1912). Además, podría decirse que la diferenciación entre los antiguos asentamientos de las plazas y las modernas empresas de ocupación colonial emprendidas por España en los siglos XIX y XX en el norte y oeste de África, después de la ocupación de Chafarinas, se potenció mediante la estrategia de resignificar con el lenguaje, convirtiendo las viejas «plazas fortificadas» en «plazas de soberanía». De hecho, al ser calificadas como soberanas, España tenía la oportunidad de iniciar un nuevo proyecto colonial en el continente africano en los años previos a la Conferencia de Berlín (1884-1885) y a la vez podía reclamar un trato particular como forma de reconocer su larga trayectoria en la zona. Esta periodización pretendía, en el contexto geopolítico del reparto de África a finales del XIX, mostrar claramente el vínculo histórico e inquebrantable entre los enclaves y la conformación del Estado español como nación soberana durante los siglos XV y XVI[2].

Como he mencionado previamente, el contexto histórico de las plazas no es compacto, varía cuando nos fijamos en las capas de colonización previas al proyecto moderno de ocupación europea en África. De hecho, algunas de las plazas fueron conquistadas por reinos europeos durante los siglos XIV, XV y XVI hasta que finalmente fueron reconocidas como territorios españoles por un tratado de paz entre España y Marruecos en 1799, posteriormente ratificado en el Tratado de Wad-Ras de 1860. Este es el caso del peñón de Vélez de la Gomera (Badis para los marroquíes) que fue conquistada por primera vez en 1508 por orden de los Reyes Católicos y ocupada de nuevo, tras ser perdida en 1522 por Felipe II. O las islas Alhucemas (un pequeño archipiélago conformado por tres islas, una de ellas, el peñón de Alhucemas, a 700 metros de la costa marroquí, y dos islotes, Tierra y Mar, situados a solo 50 metros de la costa), que fueron cedidas por el sultán Muley Abdalá en 1560 a la Corona española a cambio de protección contra las fuerzas armadas otomanas[3] y que solo fueron ocupadas formalmente en 1673 por Carlos II. En cambio, la ocupación de las islas Chafarinas pertenece a otro contexto histórico. Se trata también de un pequeño archipiélago de tres islas (Isabel II, Congreso y Rey Francisco) situadas a unos 50 kilómetros de Melilla, ocupadas por España durante la colonización francesa en Argelia iniciada en 1830. Aunque el asentamiento de las Chafarinas pertenece a la época de la colonización moderna, su condición o, mejor dicho, su resignificación dentro de la denominación de las plazas de soberanía ha hecho que su ocupación y desocupación nunca haya sido cuestionada, su estatus se asumió y ejerció en paralelo al resto de islas y enclaves ocupados desde el final del Medievo a lo largo de la costa norte de Marruecos.

La suspensión de la temporalidad de las plazas en el presente contrasta con el papel que parece que desempeñaron los enclaves en el pasado. Existen referencias de, incluso, cierta época de esplendor, hace ya casi un siglo, cuando el comercio era abundante, las puertas de dichos asentamientos militares se abrían y los vecinos del Rif, en el caso de Vélez y Alhucemas, «acudían a vender sus pollos, huevos, frutas, verduras y carbón». El artículo «Los cascotes del imperio», de Mónica Ceberio, Ignacio Cembrero y Miguel Ángel González, así lo describe, mostrando cómo en cada una de estas pequeñas plazas de soberanía había empleados de correos, patrulleros de fronteras, maestros de escuela y fareros entre una población de cuatrocientas personas[4]. Los periodistas recaban esta información de un pescador de la zona llamado Amar Binauda, quien cuando era joven solía vender pescado a los soldados estacionados en las plazas. Su padre, antes que él, también hacía negocios con la guarnición española: era su carnicero. «Pero eso fue hace mucho tiempo —explica Binauda a los periodistas—, cuando las tropas de las plazas todavía se mezclaban con los habitantes de la costa más cercana». El protagonista del artículo puede estar refiriéndose a una vieja clasificación, cuando figuras del poder colonial español distinguían entre dos tipos de marroquíes: los pacíficos y los rebeldes. Entre los siglos XVII y XIX esta distinción entre marroquíes que mantenían contacto con las plazas, ya fuera por intereses comerciales o fines militares, y los problemáticos, quienes permanecían fuera de los enclaves, porque no aceptaban la sumisión, trajo consigo una táctica dura que más tarde sería empleada en formar las tropas indígenas al servicio de las guerras coloniales[5].

En el verano de 2012, cuando Binauda conversa con los periodistas, tenía unos setenta años y en ese momento su relación con las plazas era claramente distinta. Ya casi no hablaba con los españoles:

—Cada uno está en su sitio. Con lo del Sáhara, todo cambió. No hay relación.

El testimonio de Binauda llama la atención sobre el papel de las plazas durante el periodo de descolonización. Más concretamente, la consideración del futuro de Perejil en dicho proceso, que concluiría con la desconexión de su destino y el de las plazas del resto de territorios colonizados. El conflicto no resuelto del Sáhara Occidental provocó algunas fisuras importantes dentro del proceso de descolonización, lo que se tradujo en una ruptura del diálogo respecto a ciertas cuestiones. Sin embargo, antes de la renuncia al Sáhara Occidental (1975), la descolonización se desarrolló en secreto.

Según algunos autores, en 1963, el dictador Francisco Franco y el rey Hassan II de Marruecos llegaron en secreto a un acuerdo conocido por la diplomacia española como Espíritu de Barajas. Este acuerdo abordaba cuatro puntos. El primero tenía que ver con la ocupación española de la provincia de Ifni (Marruecos consiguió que España renunciara a ella en 1969); el segundo proponía alcanzar una solución para el Sáhara español (y, para ello, España pidió a Marruecos que cesara sus reivindicaciones sobre este territorio durante algunos años); el tercero exigía que Marruecos renunciara a Ceuta y Melilla para siempre, y el último dictaba que la isla de Perejil fuera considerada *terra nullius*, es decir, un territorio que permaneciera fuera de los dominios tanto de España y de Marruecos, pero posibilitando que ambos países pudieran mantener una presencia militar o civil permanente[6].

Durante el proceso de descolonización, la disolución de las fronteras coloniales entre España y Marruecos entró en conflicto con la exigencia de mantener las plazas como territorios soberanos y no como zonas coloniales, en otras palabras, zonas ocupadas que pudieran ser descolonizadas. De hecho, cuando España renunció a la zona, reconociendo así la independencia de Marruecos en 1956, no cedió las plazas mayores y menores. El argumento se basaba en la misma lógica que introdujo el colonialismo en el territorio, afirmando que España mantenía las plazas desde mucho antes de la creación del Protectorado de Marruecos y que, por tanto, le pertenecían administrativamente hablando[7]. En consecuencia, las plazas de soberanía siguen siendo a día de hoy parte de España y, por consiguiente, parte también de la Unión Europea. De hecho, están administradas con arreglo a un vacío legal controlado desde Madrid.

Desde 1995, después de que Ceuta y Melilla obtuvieran el estatus de Ciudades Autónomas españolas, el término plazas de soberanía iba resultando obsoleto y quedó relegado exclusivamente a los enclaves de las islas Chafarinas, las islas Alhucemas y el peñón de Vélez de la Gomera. No obstante, desde 2002, tras la operación militar contra la ocupación de la isla de Perejil por parte de seis cadetes de la marina marroquí que no ofrecieron resistencia alguna al ser capturados, este territorio también pasó a formar parte de la geografía de excepcionalidad del resto de las plazas. Esa acción derivó en una mediática crisis diplomática entre Marruecos y España, pero también ayudó a integrar a Perejil en esta cartografía común, formando parte y siendo calificada por los medios de comunicación como un enclave perteneciente al entramado de las viejas plazas del norte de Marruecos. A partir de ese momento, los españoles tomaron conciencia de la existencia de ese islote deshabitado que, hasta el día de hoy, continúa vigilado desde ambos lados para mantener su *status quo ante*, es decir, su ambigua condición de *terra nullius*, un término y una forma jurídica algo más compleja que el de las viejas plazas de soberanía. La isla de Perejil (también conocida como Tura o Layla) es la isla más cercana a Tetuán. El islote, en la actualidad, despliega su marco jurídico en contraste con las vigentes políticas europeas de gestión de la migración aplicadas en África. Las plazas (y también Perejil) contribuyen, por lo tanto, al control del flujo migratorio subsahariano hacia Europa. En este contexto específico, su indeterminación resulta muy práctica. De hecho, su actual indefinición ha contribuido en las últimas décadas a establecer una nueva estrategia de control de las migraciones mediante la extensión de las fronteras más allá de los territorios soberanos, lo cual significa la externalización de las fronteras europeas en África a través del vacío normativo que rodea a territorios como las plazas españolas.

Dos incidentes distintos marcaron el inicio de mi investigación curatorial sobre los enclaves. El primero tuvo lugar en el islote de Tierra el 29 de agosto de 2012, cuando un grupo de migrantes subsaharianos atravesó la corta extensión de agua entre Marruecos y la roca para hacer visible su presencia allí como medio de acceso a España. El segundo incidente, poco después, fue la ocupación de corta duración de otra plaza de soberanía, el peñón de Vélez de la Gomera, por siete activistas marroquíes del Comité para la Liberación de Ceuta y Melilla. Esta última acción consistió simplemente en cruzar la línea invisible que divide ambos países e izar la bandera marroquí en la estrecha lengua de arena que descansa junto al peñón. Los principales diarios españoles recogieron ambos hechos y revelaron que, en el caso del primer incidente, el grupo de migrantes subsaharianos había recibido luz verde para entrar en Marruecos desde Rabat, para luego ser rápidamente deportados a Argelia «a través de una frontera teóricamente cerrada desde hacía dieciocho años»[8]. Los artículos publicados introducían algunos antecedentes históricos y contemporáneos de las plazas como una manera de formar una conciencia colectiva ante la crisis de la entrada de los sin papeles a España desde sus territorios en Marruecos.

Desde entonces, y durante el desarrollo de mi investigación, he constatado que estos territorios solamente ganan visibilidad en momentos de crisis. Lo habitual es que permanezcan invisibles. El escaso conocimiento que la mayoría de la gente tiene de esos lugares podría ser consecuencia de los numerosos intentos (fallidos) de España por abandonarlos. La historiadora María Rosa de Madariaga refiere cómo, desde mediados del siglo XVIII, España empezó a cuestionar si los enclaves eran económicamente viables o si era más conveniente deshacerse de ellos[9]. Sin embargo, se puede argumentar que el interés de España por el establecimiento de una presencia colonial más amplia durante el siglo XIX impidió respaldar, al menos públicamente, tales propósitos.

Las circunstancias actuales son completamente diferentes. Los enclaves parecen ser irrelevantes desde el punto de vista de la protección defensiva contra una ocupación marroquí. Pero existe un temor: el hecho de que si España renunciase a ellos, Marruecos exigiría Ceuta y Melilla. Esto haría también que se perdiera una posición estratégica en el estrecho de Gibraltar, una posición que no solo España, sino también la Unión Europea, protege y defiende habida cuenta del importante papel que Melilla y Ceuta desempeñan como guardias fronterizas en una de las entradas del sur de la Europa fortificada. Como consecuencia de todo ello, las plazas están condenadas a seguir dentro de los límites de una batalla específica de disputa geopolítica entre España y Marruecos —y por extensión de Europa y África—, y de las singulares y desreguladas técnicas de gestión de la vigilancia y la biopolítica aplicadas dentro de las fronteras europeas. De hecho, habiendo perdido progresivamente su utilidad militar a la vez que sus residentes a lo largo del siglo XX, los enclaves se utilizan ahora dentro del repetido y ambiguo estatuto jurídico que, en última instancia, ayuda a interrumpir el flujo migratorio hacia Europa. Además, la indeterminación e imposibilidad de una soberanía popular real dentro de las plazas promueve un sentido sincopado de contacto entre lo más cercano y lo más lejano, entre vecinos y extraños, amigos y enemigos, jurisdicciones territoriales y marítimas, entre ciudadanos considerados legales y considerados ilegales, entre el derecho interno y el internacional. En definitiva, entre el estatus inconcluso de una *terra nullius* y las potencialidades de una *res communis*, entre lo que no es de nadie y lo que es de todos.

En busca de una forma

Una práctica especulativa implica, según Stefano Harney y Fred Moten, «un estudio en movimiento, un estudio que tiene lugar entre cuerpos, a través del espacio, a través de las cosas»[10]. Para ellos, «el estudio es algo que se hace con otras personas», es decir, que se desarrolla más allá de una relación individual con los materiales. El carácter especulativo de esta investigación se inscribe en un evidente extrañamiento. ¿Por qué las plazas? ¿Para qué un estudio sobre ellas? ¿Por qué lo curatorial? Encontrar una postura de interés válida ante el espacio negado que proyectan los enclaves españoles en la costa norte de Marruecos implica no solo preguntarnos por el objeto de estudio sino también por su forma. Desde el inicio, surge la necesidad de desplazar la mirada no solo sobre las plazas, sino sobre el lugar desde donde se observa e, incluso, sobre el aparato de visión, para desmontarlo pieza a pieza y comprender su naturaleza mecánica. ¿Qué sucede cuando miramos?, ¿qué ocurre cuando una imagen es capturada? En el contexto de este estudio, la observación se dirige no tanto a delimitar un espacio, sino a acotar un tiempo, la vivencia de un momento en un lugar concreto y la desorientación de esta experiencia sobre una misma.

El gesto de acercarnos a un lugar, a una realidad, es decir, de acortar la distancia hasta situarnos cerca, muy cerca, tanto que nuestra presencia se convierta en parte de la experiencia, nos sitúa en una posición mediada. Formamos parte de la escena y en cierta medida la producimos. Permanecer cerca nos impide mantenernos fuera de campo, somos parte de la imagen.

Trinh T. Minh-ha distingue entre «hablar sobre» y «hablar cerca» en su película *Reassemblage* (1982). Para la cineasta, hablar cerca es una técnica para hacer visible lo invisible, una suerte de lenguaje indirecto. Es —apunta—«un hablar que no señala un objeto como si estuviera alejado del sujeto hablante o ausente del lugar del habla. Un hablar que reflexiona sobre sí mismo y puede acercarse mucho a algo sin, sin embargo, apoderarse de él ni reclamarlo»[11]. Minh-ha propone este hablar cerca para hablar de Senegal, una realidad inventada, encajonada en la ficción del Estado nación, encapsulada en la mirada etnográfica y emplea el cine como una herramienta cómplice de su interés por controlar las imágenes a través del lenguaje. Hablar cerca es hablar de una misma, de cómo la artista también es signo, de cómo está igualmente atrapada dentro del lenguaje. Trinh T. Minh-ha demuestra con su película que hablar cerca no tiene por qué concedernos una posición más próxima a la verdad. Todo lo contrario, nos aleja de esta posibilidad en tanto que la transforma y construye. Somos parte de la máquina de visión. Hablar cerca ofrece la posibilidad de una tactilidad. Podemos tocar lo que vemos, nuestros cuerpos entran en contacto con lo que nos rodea, somos parte activa de esa experiencia sensorial. Pero, siendo así, ¿cómo aproximarnos sin apropiarnos?, ¿cómo tocar dejando intacto?, ¿cómo tocar sin tomar?, ¿cómo tantear otras formas de relación que eliminen la tendencia a la posesión? Giremos, pues, la cámara 180 grados. Una imagen es capturada. El lenguaje nos vuelve a traicionar.

En *Reassemblage* numerosas labores cotidianas se presentan ante la cámara que quiere hablar cerca. Son escenas compuestas para volverse imagen. «The habit of imposing a meaning to every single sign» dice la artista en la película acercándose al signo. Pienso: esta es una película sobre el color, sobre la textura del color en el celuloide y el ritmo de los cuerpos ante el silencio, la música y la voz en *off* (a veces en *loop*). Las imágenes de vez en cuando se pierden antes de cruzar el marco del fotograma. Huyen quizás de una aproximación demasiado cercana. Hablar desde la cercanía también crea una distancia. Acercarnos para alejarnos inmediatamente después.

El estudio de las plazas se despliega también como registro de un proceso de conocimiento compartido junto a otras personas, un ejercicio de aprehender, comprender desde el querer reunirse cerca (acerca) de ciertas preocupaciones o, mejor dicho, reunirse para convertir un lugar en una preocupación compartida. Un espacio común, a modo de contraste con los enclaves vacíos, surge del leer juntos en voz alta en distintos emplazamientos acordados frente a la lógica artística de algunas obras que sugieren salirnos del texto y adentrarnos en otra forma de producir lenguaje. Un tiempo de pausa sobre conceptos, lugares y prácticas, un hacer estudio como continuo merodeo. Una forma que se va definiendo como un acercamiento oblicuo. Acercarnos para alejarnos inmediatamente después.

Una piedra en el camino

La isla de Perejil tiene la peculiaridad de mantener todavía hoy un estatus incierto respecto a su soberanía. De hecho, no hay unanimidad sobre su estatus legal. El desacuerdo se produce entre los Estados que la custodian, Marruecos y España —y por extensión en un contexto internacional más amplio—, pero también a nivel interno, al menos en España, donde juristas e historiadores oscilan entre la posición de que la soberanía del islote pertenece o bien a Marruecos[12] o bien a España[13]. Otros autores, en cambio, sostienen una postura diferente sobre la soberanía de Perejil recogida en el acuerdo (supuestamente secreto) del Espíritu de Barajas, según el cual el islote debía considerarse *terra nullius*[14]. Aunque la isla no pertenece ni a España ni a Marruecos —ni tampoco a ningún otro Estado—, este documento diplomático reconoce lícita —y así continúa a día de hoy— la presencia militar o civil permanente de ambos países[15].

Pero existen algunas cuestiones poco claras sobre el contenido del Espíritu de Barajas. En un artículo reciente del área de Estudios Árabes e Islámicos de la Universidad de Sevilla, Ana Torres García sacaba a la luz la falta de comunicación que se produjo entre ambos Estados en el momento de esta reunión secreta. La autora cuestiona que el acuerdo fuera absolutamente concluyente[16]. Reexaminando la documentación diplomática, aborda la tensa situación interna de Marruecos a través del desafío de la liberación de Argelia y la guerra de las Arenas entre ambos países (también en 1963) en relación con sus fronteras en la zona de Tinduf y Béchar. En este contexto, Torres García destaca la recurrente insistencia de Marruecos por llegar a un acuerdo con España respecto a una serie de territorios aún ocupados tras el fin del Protectorado: un acuerdo que en los documentos examinados parecía prioritario para la estabilidad interna de Marruecos, pero también para todo el contexto internacional, en el que la amenaza de un Magreb socialista estaba sobre la mesa. Torres García sigue los innumerables encuentros e intercambios entre diplomáticos españoles y marroquíes, ministros de Asuntos Exteriores y, en última instancia, entre el rey Hassan II de Marruecos y el dictador español. Sin embargo, estos intercambios, que comenzaron al menos en 1960 y fueron iniciados por Mohamed V (soberano marroquí hasta 1961), reivindicaban sobre todo la retirada de España de Sidi Ifni, el Sáhara, Ceuta y Melilla. A partir de documentos y artículos de prensa, la autora muestra la persistente voluntad de acuerdo por parte de Marruecos frente al inexplicable estancamiento de España, que parecía hacer todo lo posible por posponer las decisiones relativas a las concesiones territoriales marroquíes.

Las reivindicaciones expresadas por la parte marroquí en varias correspondencias, artículos de prensa y actas, antes y después de la reunión del Espíritu de Barajas, dejan claro que el acuerdo no fue decisivo y que quedó inconcluso en cuanto a la organización jurídica de la zona. Torres García no puede confirmar que los puntos supuestamente tratados en Barajas no fueran en realidad abordados. Pero, más allá del carácter inconcluso o definitivo del acuerdo, la autora comparte la idea de que este tuvo un impacto a largo plazo: «El clima de distensión de aquella reunión abrió un diálogo sobre la administración del expediente territorial».

Estos enredos diplomáticos no son más que otro aspecto del contradictorio paisaje en el que se encuentra este islote rocoso y deshabitado, en el que las fuentes se contradicen constantemente, emborronando el prisma desde el que abordar su complejidad, lo que contribuye a que el estatus legal de este territorio permanezca también borroso. La misma confusión de términos aparece cuando nos acercamos a los relatos históricos sobre el islote. Algunos autores han reivindicado la soberanía española a partir de referencias mitológicas, teorías históricas e incluso planos de ingeniería militar española para fortificar Perejil, que finalmente fueron abandonados. Lo que parece evidente hoy es que el islote tiene una excelente posición geoestratégica en el Estrecho, a tan solo 22 kilómetros de Gibraltar, a 12 kilómetros del punto más cercano de la España peninsular y a 8 kilómetros de Ceuta. Aunque lo más próximo al islote, a unos 200 metros, como ya he mencionado, es la costa de Marruecos, más o menos el punto desde donde Xabier Salaberria tomó sus imágenes.

Los relatos históricos hacen referencia a diferentes intentos de ocupar el islote por parte de Portugal en el siglo XVI, de España en los siglos XVII y XVIII y, sucesivamente, de Inglaterra, Estados Unidos, Marruecos y de nuevo España, en el siglo XIX.

El primer incidente documentado sobre su soberanía está relacionado con el Tratado de Wad-Ras de 1860[17], donde quedaron registradas pruebas de desacuerdo sobre la recurrente presencia española en la isla. Sin embargo, algunos argumentos más recientes procedentes de Marruecos afirman que en el tratado para el establecimiento del Protectorado español de 1912 no se estableció nada a este respecto, por lo que con el fin del Protectorado en 1956 el islote se perdió, y ambos países asumieron su soberanía[18].

En este contexto histórico tan poco claro, el incidente de 2002 reabrió el problema de su incierta soberanía. Aun así, lo que inicialmente parecía una crisis diplomática directa entre España y Marruecos, dentro de la retórica del terror establecida en todo el planeta tras el 11 de septiembre de 2001, el enfrentamiento adquirió un alcance global, comprometiendo incluso el regreso de Estados Unidos a la región[19]. El artículo «Una piedra en el camino de las relaciones hispano-marroquíes: la crisis del islote Perejil»[20], de Ana I. Planet Contreras y Miguel Hernando de Larramendi, aborda la complejidad del incidente. Los autores sitúan la crisis de Perejil dentro de la negativa marroquí en 2001 a renovar el acuerdo de pesca con la Unión Europea. Esta negativa marcó un periodo de declive, cargado de reproches, en las relaciones entre Marruecos y España, como cuando ochocientos migrantes llegaron a las costas españolas y el ministro de Asuntos Exteriores español echó en cara al gobierno marroquí su falta de control de las mafias que gestionan la inmigración ilegal. Marruecos respondió de manera simétrica, afirmando que las mafias también procedían de España.

Sin embargo, como he apuntado, estas rencillas bilaterales esconden preocupaciones geopolíticas más amplias, que se agravaron con la crisis de Perejil. De hecho, surgiría un mapa geoestratégico en el que estos antiguos territorios coloniales adquirieron un nuevo rol operativo. Este nuevo mapa marcaría, por ejemplo, el Sáhara Occidental y las islas Canarias, ya que las empresas Kerr-MacGee (estadounidense) y Elf (francesa) tenían intereses petrolíferos en la zona. Otros intereses energéticos corrían en paralelo a estos, algunos provenientes de la Unión Europea, que buscaba mantener la cooperación energética establecida desde 1982. Esto incluía una interconexión eléctrica a través del Estrecho y la explotación de los yacimientos de gas del sur de Argelia con un gasoducto que pasaría a través de Marruecos hasta llegar a Europa vía Sevilla. Otros intereses se referían a posibles planes futuros, como los de Estados Unidos para establecer una zona de libre comercio con el Magreb.

Con tantos intereses geoeconómicos en juego, la crisis de Perejil fue, en palabras de Planet Contreras y Hernando de Larramendi, «una piedra en el camino». La decisión de Marruecos de ocupar el islote contaba, aparentemente, con el beneplácito del rey Mohammed VI, sin el conocimiento del Gobierno marroquí. España respondió con una acción militar contra la ocupación, que contó con la aprobación de la Unión Europea y la mediación de Estados Unidos para alcanzar una solución a la crisis. Marruecos consiguió apoyo de la Liga Árabe, con la excepción de Argelia, que se alió con España reclamando para el islote el *statu quo* anterior a la ocupación. La crisis inmediata se *resolvió* finalmente en 2003, reforzando la cooperación entre ambos países con el control de la inmigración ilegal mediante la creación de patrullas conjuntas, entre otros acuerdos[21].

Esta normalización nos lleva, sin embargo, a ser conscientes de que el interrogante sobre la soberanía de Perejil sigue vigente a día de hoy. Después de todos estos acontecimientos, preguntarse qué es la soberanía cobra especial importancia, principalmente a la luz del hecho de que territorios vacíos, como este, representan la soberanía nacional al margen de una voluntad común. No obstante, esta problematización de la soberanía ejemplificado por el islote ilustra una doble lectura: la tendencia contemporánea del vaciamiento del lugar de la soberanía y su sustitución por parte de la economía política y, además, la posibilidad de proyectar una nueva definición de soberanía, reinventando así nuevos modos de organización colectiva.

Múltiples dispositivos

El concepto de dispositivo nos sirve a la hora de entender la lógica espacial de las plazas más allá de su ubicación y de su relación con la historia. El término ayuda también a situarnos en el extrañamiento como punto de partida, poniendo en relación dos ámbitos que en principio operan completamente desvinculados, pero que se encuentran en esta escritura. Por un lado, la frontera y las dinámicas de monitorización que la gobiernan inscribiéndola como un aparato de control violento que influye en las condiciones de vida de las personas y objetos que demandan paso a través de ella. Un conjunto de reglas, un complejo arquitectónico, un entramado jurídico que en la mayoría de las ocasiones provoca confinamiento entre las diferentes partes divididas. Por el otro, la exposición y las dinámicas curatoriales que la definen como un espacio regido por un conjunto de reglas espaciales y temporales que ordenan y clasifican los objetos y que también regulan las relaciones que se establecen con ellos.

Estos dos campos distintivos de conocimiento, práctica y control, se convocan aquí a través de la consideración de tres connotaciones diferentes de la noción de dispositivo que, de hecho, están interrelacionadas. En primer lugar, la interpretación del dispositivo como una red que establece un orden y un control entre los elementos. En segundo lugar, como un conjunto de técnicas que moldean, reproducen y clasifican la subjetividad. En tercer lugar, como un instrumento que contribuye a la producción de verdad. En este contexto, las tres nos invitan a crear una zona de contacto entre la frontera y la exposición.

Por ejemplo, respecto a la comprensión de la frontera (de las plazas de soberanía, en este caso), podríamos argumentar que funciona como un mecanismo de control que instaura relaciones de poder entre sujetos, objetos y verdad, activando una dinámica clasificatoria que opera dentro de la división entre lo legal y lo ilegal. El rechazo de este binarismo nos puede llevar a buscar otros procesos colectivos de subjetivación que se enfrenten a esta ordenación abusiva y jerárquica. Sin embargo, su puesta en duda implica un riesgo real, porque su poder de ordenación es en gran medida inquebrantable.

Respecto a la exposición, podemos pensar en su activación como un tejido, una trama o red que circula y da soporte al conjunto de objetos y elementos expuestos. En este sentido, la exposición se formaliza como un entramado relacional que otorga agencia a los objetos/sujetos/procesos implicados en el transcurso de su ejecución. Los elementos que sustentan la red expositiva (obras de arte, artistas, comisarios, espectadores y también textos que acompañan a las obras en el espacio, el mobiliario, sus protocolos de conservación, la institución...) construyen sentido expositivo, aunque la mayoría de las veces bajo reglas que tomamos como básicas y esenciales, y sin las que nos es difícil pensar la exposición. Los límites que la definen quedan marcados por dichas reglas, que asumimos como fundamentos para hacerla posible. Especular al margen de estas formalidades provoca vértigo, la exposición podría disolverse y con ella los procesos relacionales entre los elementos que identificamos como expositivos. Entender la exposición en términos de dispositivo también nos invita a reflexionar sobre las relaciones de poder que se establecen entre sujeto, objeto y verdad.

En enero de 1988, en el marco del congreso internacional organizado en el Centro Michel Foucault de París, Gilles Deleuze reabre la cuestión del dispositivo. Para ello, contribuye con un nuevo ensayo en el que más que intentar atarlo a una definición fija —algo que Foucault también eludió—, se centra en las reflexiones inconclusas iniciadas por su colega sobre la producción de subjetividad dentro de los dispositivos. Así, el ensayo comienza con una aproximación espacial al término, tratando quizás de reconocer las metodologías de investigación que inspiraron a Foucault a indagar sobre él. Deleuze argumenta:

> Hay líneas de sedimentación, dice Foucault, pero también líneas de «fisura» y «fractura». Desenredar las líneas de un aparato significa, en cada caso, elaborar un mapa, una cartografía, un estudio de las tierras exploradas; es lo que él llama «trabajo de campo»[22].

Con esta primera aproximación, Deleuze parece querer abordar el término dispositivo como un cartógrafo que navega por territorios desconocidos, extrayendo una imagen mental de la experiencia del encuentro con el término y configurando a la vez una mirada sobre sí mismo como aquel que observa con distancia una práctica cotidiana. Esta mirada es también una llamada de atención sobre el trabajo de alguien afín. En el encuentro de ambas aproximaciones sobre una misma noción se genera una continuidad que permite el progreso de la reflexión. En el caso de Foucault, estableciendo de partida una perspectiva que apunta hacia la idea de acción y eficacia en la represión y control que ejecuta el dispositivo; en el de Deleuze, hacia la preferencia por los ensamblajes de deseo sobre los ensamblajes de poder[23]. En otras palabras, Deleuze centra su atención en el carácter inesperado del dispositivo como una forma de enfatizar el modo en el que este funciona como una máquina que también hace ver y hablar. Su texto genera una nueva posición ante el término, nos sitúa en el terreno de lo virtual, es decir, en relación a lo imaginado, a lo deseado, algo que, según el filósofo, también acaba siendo controlado por los dispositivos. Esta idea queda clara al final de su contribución, cuando ofrece una observación sobre la importancia de las entrevistas en la obra de Foucault.

No porque tuviera gusto por ellas, sino porque en ellas pudo trazar esas líneas que conducen al presente y que exigen una forma de expresión diferente a las líneas que se trazaron en sus libros mayores[24].

Tras esta observación, merece la pena detenerse en la transcripción de la conversación que siguió después de la intervención de Deleuze en el congreso donde se le preguntó, por ejemplo, por la noción de verdad, por su relación con las últimas obras de Foucault y si deberíamos considerarla (la verdad) de alguna forma un aparato, un dispositivo en sí mismo o, incluso, la dimensión que hace posible todos los aparatos. Fuera del espacio de su ensayo, oímos a un Deleuze que se acerca a la vida que trascurre en el presente, el momento de la conversación, ya que sus respuestas, como las de las entrevistas de Foucault, nos dan también otras indicaciones importantes para interpretar el término como una herramienta ideológica de producción de sentido. Deleuze lo expresa así:

Para Foucault la verdad no tiene carácter universal. La verdad designa el conjunto de procesos que se producen en el interior de un aparato [dispositivo]. Un aparato comprende verdades de enunciación, verdades de luz y visibilidad, verdades de poder, verdades de subjetivación. La verdad es la actualización de las líneas que constituyen un aparato[25].

Este comentario llama la atención sobre una finalidad principal del dispositivo: la producción de conocimiento/verdad o de conocimiento/poder, es decir, el fundamento de lo que se hace disponible para las personas como conocimiento. Sin embargo, esta respuesta también nos conduce, como menciona más adelante el propio Deleuze, «hacia un futuro, hacia un devenir» en el que «los estratos subyacentes y el presente» son igualmente considerados.

Es importante destacar que la relación entre verdad y dispositivo aparece mucho antes, dentro de lo que podríamos denominar «la genealogía del término», en concreto, en el conocido ensayo de Louis Althusser *Ideología y aparatos ideológicos del Estado*, publicado en 1969. En este libro, Althusser desarrolla un análisis sobre la reproducción de las condiciones de producción capitalista y para ello habla del aparato (dispositivo) como un artefacto conceptual ideológico que hace posible la propagación de dichas condiciones y la persistencia del paradigma capitalista. En la hipótesis de que toda ideología interpela a los individuos sujetos partícipes de un marco de actuación preconcebido, el filósofo alude a los rituales de reconocimiento de la ideología como condición esencial de existencia del sujeto individual, es decir, una subjetividad considerada autónoma, concreta, insustituible.

Althusser describe una imagen trivial para ayudarnos a comprender esto. Un policía interpela en la calle a un individuo con un simple: «¡Oye, tú!». Dicha interpelación, según el filósofo, marca las estructuras y sistemas que conforman y reafirman la subjetividad y lo hace precisamente mediante el reconocimiento ideológico de la autoridad sobre el individuo (a través de los aparatos represivos del Estado, como él mismo los llama). Además, Althusser asegura que esta producción de subjetividad no solo opera en el ámbito público, sino también en el dominio privado. La familia, la escuela, la cultura, los medios de comunicación son asimismo aparatos que castigan, seleccionan y disciplinan la subjetividad para reproducir la estructura del poder y su ideología.

Desde una lectura contemporánea, no podemos obviar el contexto específico, filosófico e histórico, del que emerge (y, por tanto, su consiguiente relación de consentimiento o ruptura con otros ejemplos pertinentes del pensamiento crítico propios del periodo que sigue al final de la Segunda Guerra Mundial). Tampoco debemos olvidar la actualización de otros valores y códigos interpretativos para desvelar sus ideas sobre los aparatos ideológicos del Estado. De hecho, Althusser lo reivindica como tal:

> La escritura que estoy ejecutando en este momento y las lecturas que lleváis a cabo sobre esta son también en este sentido rituales de reconocimiento ideológico, incluso la «obviedad» con la que la «verdad» o el «error» de mis reflexiones pueden imponerse sobre vosotros[26].

En una nota al pie de página, el autor señala la doble temporalidad que se da entre la escritura y la lectura de todo texto:

> Este doble «actualmente» es una prueba más del hecho de que la ideología es «eterna», ya que estos dos «actualmente» están separados por un intervalo indefinido; yo estoy es-

cribiendo estas líneas el 6 de abril de 1969, vosotros podéis leerlas en cualquier momento posterior[27].

Con estas anotaciones, Althusser parece querer demostrar la imposibilidad para el sujeto individual de escapar de los aparatos ideológicos, tanto como llamar la atención sobre las condiciones específicas y el contexto en el que tiene lugar la producción de subjetividad. Siguiendo esta línea de pensamiento, podemos entender que sea precisamente a través de la materialidad del tiempo —la correlación temporal entre la escritura y la lectura del texto— cuando las condiciones específicas de cada interpelación se ponen de relieve. De hecho, cabría afirmar que Althusser plantea esta idea a través de un acto performativo, porque, interpelándonos directamente a nosotros, los lectores de su texto, nos hace indagar sobre nuestras propias condiciones ideológicas de subjetivación. Esta es otra forma de reivindicar la importancia de la actualidad: el momento presente de la persona lectora. Algo que puede suponer abordarnos, quizás, no ya como trabajadoras y trabajadores del modelo capitalista fordista, es decir, lectores contemporáneos a la publicación del texto de Althusser, sino como ciudadanas y ciudadanos de nuestra sociedad actual, global, posfordista, neoliberal.

Volvamos, pues, a la escena que propone Althusser para explicar cómo un individuo se convierte en sujeto y queda sometido así al poder y su ideología, con la intención de releerla desde el presente. André Lepecki nos ayuda a verla como un movimiento coreográfico, ya que implica un giro de 180 grados, pues la captura del sujeto, dice, incluye una media pirueta. En su relectura, Lepecki se pregunta por los modos en los que el individuo es capturado hoy para convertirse en sujeto del neoliberalismo. Para ello, nos plantea una segunda media pirueta en la que el policía es sustituido por el mismo sujeto interpelado. En el momento en el que giramos, continúa Lepecki, nos encontramos con nuestra propia imagen capturada por la tecnología que portamos en las manos. La cámara del móvil captura al sujeto mismo *(self)* y lo convierte en *selfie:* una imagen de sí en la que se encuentra aislado del mundo, de la sociedad[28], en la que solamente tiene cabida su rol *entrepreneur* para controlarse a sí mismo. Una imagen que no necesariamente es más certera por su inmediatez o proximidad, que no nos asegura una posición sin mediación, de privilegio ante la verdad.

La crítica musical feminista Ellen Willis en su conocido artículo «Beginning to See the Light», de 1977, propone igualmente una suerte de pirueta para escribir no solo sobre lo que ve, sino también sobre cómo lo ve. No le interesa volcar la cámara sobre sí misma para controlar su imagen —ese deseo todavía no había sido construido en el momento en el que escribe el artículo—, lo que quiere provocar con el giro es entender cómo percibe y la interpelan las imágenes proyectadas por su presente inmediato. Las imágenes y los sonidos de los años setenta la hacen desconectarse de los sesenta y de las vivencias que la marcaron: el feminismo, las drogas, Vietnam, la cultura popular... «su equipaje», como lo llama[29]. Su desconexión con la nueva década la hace desconfiar de lo que esta anuncia como revolucionario, lo recibe como la pérdida de algunas luchas ganadas. Su resistencia y desconexión nos enseña, precisamente, la importancia de hacer visible la manera en la que miramos, producimos y asimilamos las imágenes. La manera en la que nos volvemos también imagen.

Otros autores han desarrollado también ejercicios de relectura para comprender los modos de captura del sujeto en el presente. Por ejemplo, Giorgio Agamben se pregunta de nuevo, años más tarde, por esta sencilla cuestión: ¿Qué es un dispositivo? Como si de un ejercicio de actualización se tratara, su ensayo propone pensar el dispositivo como un concepto técnico decisivo en la estrategia del pensamiento de Foucault y, más concretamente, en relación con su trabajo sobre la gubernamentalidad o el gobierno de las personas. Agamben recuerda también el hecho de que Foucault nunca definiera completamente el término en sus escritos, pero extrae algo parecido a una definición del contexto de una entrevista en la revista psicoanalítica *Ornicar?* en 1977, un año después de la publicación de *La historia de la sexualidad*[30]. Foucault dice:

> Trato de seleccionar [...] un conjunto completamente heterogéneo compuesto por discursos, instituciones, formas arquitectónicas, decisiones normativas, leyes, medidas administrativas, declaraciones científicas, propuestas filosóficas, morales y filantrópicas, en definitiva, tanto lo dicho como lo no dicho [...]. Entiendo por «aparato» una especie de formación, digamos, que tiene como función principal en un momento histórico determinado la de responder a una necesidad urgente. El aparato tiene así una función estratégica dominante [...], una cierta manipulación de las relaciones de fuerzas, ya sea desarrollándolas en una determinada dirección, o bloqueándolas, estabilizándolas, utilizándolas, etc. El aparato, precisamente, está siempre inscrito en un juego de poder, pero también está siempre vinculado a ciertas coordenadas de conocimiento que se desprenden de él pero que, en la misma medida, lo condicionan[31].

Prestando atención a la idea de dispositivo como una formación, un conjunto, una «red de conexiones», Agamben señala que Foucault pretendía desplazar el interés de lo que él llamaba los «universales» (Estado, soberanía, ley, poder...)

hacia los procesos que organizan y controlan la vida cotidiana. Agamben intenta ampliar el poder del dispositivo más allá de los usos obvios, considerando que el dispositivo no es solo la prisión, el hospital o el confesionario, sino también el bolígrafo, la escritura, la literatura, los ordenadores, los teléfonos móviles y el lenguaje mismo. Sin embargo, aconseja (a los lectores e intérpretes de su texto) que no utilicemos el término fuera de su propia agenda, o más allá de su urgencia de controlar al sujeto y su propia producción. Para el filósofo, la única manera de liberar lo que ha sido capturado y separado por medio del dispositivo es deshaciendo esas separaciones, la ordenación que se ha impuesto a sujetos y objetos. De este modo, las cosas o los elementos pueden ser devueltos «a un posible uso común»[32].

Además, también se podría interpretar esta restitución del uso común como una forma de deshacer el control de la producción de sentido, reintegrando no solo cuestiones materiales sino también procesos comunes de conocimiento y producción de verdad.

Agamben intenta resolver todas estas cuestiones a través de otro término: profanación, un concepto que tiene su origen en el ámbito del derecho romano y la religión. «La profanación es el contraaparato que devuelve al uso común lo que el sacrificio ha separado y dividido». Y profundiza en esta idea: «Mientras que *consagrar* era el término que designaba la eliminación de las cosas de la esfera de la ley humana, *profanar* significaba, por el contrario, restituir las cosas al libre uso de la gente». Ante la proliferación sin límite de los dispositivos, Agamben propone el restablecimiento del uso común de lo que ha sido capturado y separado por ellos. Pero advierte de que esto no puede llevarse a cabo si «los que se ocupan de ello no pueden intervenir en sus propios procesos de subjetivación más que en sus propios aparatos, para sacar a la luz lo ingobernable, que es el principio y, a la vez, el punto de fuga de toda política». Esta frase que cierra el ensayo de Agamben parece sugerir que se profundice en la noción de gobierno, pero también en las formas de resistencia contra sus modelos opresivos.

Foucault se centra específicamente en la noción de gobierno en su ensayo «Gubernamentalidad», que preparó para el curso sobre Seguridad, Territorio y Población para el año académico 1977-1978 del Collège de Francia. Un trabajo que es fundamental en los actuales debates filosóficos sobre la noción de dispositivo. Este texto de Foucault comienza con un inventario de referencias extraídas de una serie de tratados que van desde el siglo XVI hasta finales del XVIII y que abordan la idea del arte del gobierno. El filósofo identifica, en la literatura de este género, la introducción de la economía en el «arte de gobernar»[33], estableciendo un paralelismo entre la gestión de los bienes individuales en la familia y el gobierno del Estado. Para Foucault, se trata de una «cuestión esencial en el establecimiento del "arte del gobierno": la introducción de la economía en la práctica política»[34]. Dentro de esta aproximación, Foucault entiende que gobernar significa gobernar las cosas, en el sentido de aplicar una ordenación definida. La noción surge de una crisis de soberanía, en la que las prácticas de gobierno son progresivamente más autónomas con respecto del marco jurídico del soberano.

Aunque en su texto el paso del concepto clásico de soberanía a la noción de «arte de gobierno» y de ahí a la idea de gubernamentalidad, se hace patente como una progresión, nos recuerda que «hay que ver las cosas no en términos de sustitución de una sociedad basada en la soberanía por una sociedad disciplinaria y la subsiguiente sustitución de una sociedad disciplinaria por una sociedad de gobierno;

en realidad, uno está ante un triángulo, soberanía-disciplina-gobierno, que tiene como objetivo principal la población y como mecanismo esencial los aparatos de seguridad».

En sus dos últimos cursos impartidos en el Collège de France, entre 1982 y 1984, titulados «El gobierno de sí mismo y de los otros» y «El valor de la verdad», Michel Foucault retorna a la idea de verdad y a su conexión con los dispositivos. Para ello, aborda específicamente el acto de decir la verdad como una forma de resistencia contra las prácticas disciplinarias de los dispositivos. Un ejemplo de ello es la antigua práctica conocida como *parrhesia* (hablar libremente), que el filósofo interpreta como la actitud o la voluntad de no ser gobernado, o de no serlo de determinadas maneras. Foucault introduce esta noción, teniendo en cuenta que, desde sus orígenes en la Antigua Grecia dentro de la escuela cínica, a lo largo de la historia irá adquiriendo una mala reputación. Sin embargo, apunta a una interpretación positiva del término. Lo explica así:

La *parrhesia* consiste en decir la verdad sin disimulo, sin reservas, sin discursos vacíos, sin ornamentos retóricos que puedan codificarla u ocultarla. «Decir todo» es entonces: decir la verdad sin ocultar ninguna parte de ella, sin esconderla detrás de cualquier cosa [...]. Para que haya *parrhesia*, [...] el sujeto debe estar corriendo algún tipo de riesgo (al decir) esta verdad que firma como su opinión, su pensamiento, su creencia, un riesgo que concierne a su relación con la persona a la que se dirige[35].

Podemos entender la *parrhesia* como una revelación, un desenmascaramiento, un mostrar sin ocultamiento la función de control de los dispositivos. Así, desde una perspectiva más amplia, vemos cómo el concepto de gubernamentalidad supone una confrontación con la noción de autogobierno. Desviándonos del estudio de esta noción en relación con el acto de decir la verdad, el filósofo examina la ciudadanía de la Antigua Grecia y el modo en que esta práctica servía de fundamento ético a la democracia. El contenido de sus conferencias en estos cursos permite apreciar las potencialidades que él vislumbra en la práctica de la *parrhesia*. Foucault la encamina hacia una posible crítica sobre el control que los dispositivos imponen a la propia producción de verdad, una suerte de resistencia al arte de ser gobernado. La valentía de decir la verdad no debe interpretarse como la fijación de la idea de verdad a afirmaciones o declaraciones definitivas, sino a una forma de expresar el deseo de no ser gobernado bajo ciertas reglas. La *parrhesia* sugiere, según Foucault, una forma de restaurar el proyecto común de la política cuando esta parece ser vaciada[36].

Estos argumentos finales de Foucault deben leerse en línea con la urgencia de Deleuze por traer el futuro al tiempo presente, el devenir al análisis de los dispositivos de nuestro contexto inmediato. En otras palabras, el deseo de ser gobernado por *otras formas* implica hacer espacio para otros posibles contradispositivos.

Podemos hacer el ejercicio de abstraer algunas ideas relevantes de la trayectoria filosófica del término para impregnar nuestra mirada a la hora de acercarnos a los enclaves españoles de la costa norte de Marruecos y, más concretamente, al islote de Perejil. La primera de estas preocupaciones tiene que ver con la propuesta de Deleuze de abordar cada dispositivo en términos cartográficos. La segunda se refiere a cómo Deleuze y Althusser reivindican el análisis del dispositivo desde su propio contexto de influencia, es decir, desde su propia condición y actualidad. La tercera inquietud está relacionada con la crisis de soberanía que destapa Foucault con su término gubernamentalidad, que apunta a la relevancia de los dispositivos en el acto de gobernar. Debemos, por tanto, llevar la noción de soberanía más allá de donde se circunscribe el alcance de su poder. El islote de Perejil reclama nuestra atención para pensar la soberanía allí donde se supone que no hay soberanía, y nos invita a plantearnos cómo la crisis de soberanía apunta justamente a la potencialidad que reside en permitir otros modos de gobernar que no establezcan necesariamente un beneficio económico. Al considerar las lógicas de control del dispositivo, el enfoque de Deleuze sobre la imaginación y el deseo nos recuerda que los dispositivos también actúan incluso donde no están activos, en la incorporeidad de lo que todavía está por venir.

Hacia un devenir

La noción de soberanía implícita en la denominación (en desuso) de plazas de soberanía para referirse a los enclaves españoles en la costa de Marruecos funciona como un término clave en el contexto actual de la migración desde el continente africano a Europa. Conecta, precisamente, con la centralidad del acto de gobernar dentro de la trayectoria conceptual que define la noción de dispositivo. Sandro Mezzadra discute específicamente este término con los geógrafos John Pickles y Sebastián Cobarrubias y la antropóloga Maribel Casas en relación con el papel cambiante de la soberanía y el surgimiento de nuevas formas de gobernar a los sujetos en movimiento a través de diferentes políticas de gestión de las migraciones ejecutadas hoy en África por organismos europeos e internacionales. Un enfoque que ya no se basa en el modelo de control de las fronteras por parte del Estado nación, sino en un modelo global de control de un territorio más allá de su topografía[37]. En consonancia con esto, la propuesta de Mezzadra trata de aportar luz sobre cómo una geografía social desigual se correlaciona con una realidad temporal asimismo desigual entre colonizador y colonizado. Sin embargo, como sostienen Mezzadra y Federico Rahola, cuando los dispositivos de dominación, originalmente forjados en el contexto de la experiencia colonial, se filtran en los espacios metropolitanos, nos encontramos en un tiempo poscolonial. En este sentido, las plazas de soberanía son claros ejemplos de territorios que trasladan legados coloniales a nuestro mundo contemporáneo. Los abusos se producen ahora en el nivel de la definición, modelización y clasificación de la ciudadanía, en concreto, en nombre de la presencia ausente que proyectan respecto a la noción de soberanía.

Mezzadra y Rahola se preguntan sobre el modo en el que el tiempo es organizado por la abstracción capitalista. Parecen sugerir la necesidad de interpretar los dispositivos coloniales no solo en términos de control del espacio, sino también en términos de regulación del tiempo. Afirman: «La abstracción real del capital ha impuesto su dominio, ordenando esos tiempos primero, a través del colonialismo, en una sucesión de etapas y luego, en el presente poscolonial, sincronizándolos violentamente»[38]. Con esta premisa, tratan de rastrear las desigualdades producidas por el colonialismo no solo en términos espaciales, geográficos, sino también temporales. La urgencia por la reapropiación del tiempo adquiere aquí una especial relevancia, no tanto en relación con la consideración del tiempo y del espacio, cuando se trata de entender las técnicas que están detrás de los dispositivos que sostienen y producen nuestras subjetividades, sino también para descifrar las condiciones abstractas y universalizadoras del presente global que habitamos. Los contextos a los que se refieren Mezzadra y Rahola se desarrollan detrás de las fronteras, es decir, fuera de su construcción física, a través de su propia desmaterialización en el paisaje.

En relación con esta idea, Casas, Cobarrubias y Pickles han explorado la gestión española de la frontera en el norte y el oeste de África centrándose en las funciones ejecutadas por el Ministerio del Interior español, así como por los agentes de cooperación internacional, en la modificación de las políticas fronterizas tradicionales. En su trabajo «¿Se estiran las fronteras más allá de los territorios soberanos? Mapeo de las políticas de externalización de las fronteras de la UE y de España» desarrollan cómo este cambio utiliza un enfoque global sobre la idea de territorio. En el nuevo contexto operativo, el control no se ejerce exclusivamente dentro de las zonas fronterizas, sino también a lo largo de las rutas migratorias, estableciendo así una nueva clasificación entre países de salida, de tránsito y de llegada. Dentro de esta nueva metacartografía, conceptos como ruta, itinerario, vecinos, amigos, enemigos, comunidad, colaboración, soberanía, Estado nación, frontera, externalización o desterritorialización son objeto de redefinición.

Las plazas de soberanía, al igual que la isla de Perejil, pertenecen a esta nueva cartografía de la externalización en la que el control se produce fuera de la frontera física y, por tanto, alcanza momentos inesperados dentro de la esfera de lo real. Esta idea está en consonancia con el ámbito de control del dispositivo al considerarlo no ya solo circunscrito a un nivel físico y material sino también a procesos, esferas y prácticas insertas en nuestro contexto cotidiano. En otras palabras, el dispositivo opera en el mismo lugar donde se produce la individuación, donde el individuo se convierte en sujeto, controlando el sentido, el conocimiento y el deseo, sancionando todo lo que pone en riesgo el orden de esa construcción. La frontera actúa dentro de los dispositivos físicos, pero también dentro de nuestros propios cuerpos, dejando zonas de control indeterminadas, como en el caso de Perejil, donde los protocolos de gestión de los flujos migratorios quedan en suspenso abriéndose así zonas de indeterminación en las que se congela la legalidad. El conocimiento, el sentido y el deseo que nos constituyen producen zonas igualmente indeterminadas, algo que luego la ley establece como verdad, suspendiendo de esta forma, por ejemplo, la ciudadanía de quienes ponen en riesgo lo establecido.

Perejil es también un dispositivo que guarda en su interior líneas de sedimentación, fisuras y fracturas que cuestionan dinámicas establecidas como comunes e inquebrantables. Debido justamente a su inaccesibilidad, a su monitorización para mantener su impenetrabilidad, a su condición de *terra nullius*, de tierra vacía, de tierra sin dueño, el papel que se le otorga momentáneamente dentro del control migratorio, como un supuesto dispositivo más, no hace sino suspender las reglas del juego.

La elaboración de una cartografía a partir de esta tierra sin dueño, que se controla para mantenerla vacía, para que nadie la reclame como propia, activa un ejercicio complejo de especulación. Una fenomenología especulativa que arrastra también innumerables interrogantes.

La especulación comienza por sus condiciones reales de inaccesibilidad, que suponen una negación y un deseo, el de poder habitar el islote temporalmente. La negación proyecta nuestra mirada sobre la compleja red de relaciones y poder que opera en el mundo organizando y controlando la vida. Su perspectiva especular nos invita a adquirir un nuevo ángulo desde el que estimular posibles preguntas, preocupaciones y prácticas futuras. Las plazas —en concreto, Perejil, como lugar donde el régimen de propiedad es inoperativo— pueden ser un aparato virtual a través del cual examinar no solo sus condiciones internas, sino también aquellas que determinan la realidad. Un lugar virtual desde donde reformular la fenomenología arrojando un nuevo sentido que nos ayude a repensar las lógicas abusivas que sostienen su inaccesibilidad para impartir injusticia. Un aparato virtual que nos pide un giro, no solo para mirar hacia afuera o hacia sí, sino también para tocar dentro, volver atrás y desvelar el propio mecanismo de producción de realidad. Si así lo hiciéramos funcionar... ¿qué tipo de verdad apuntaría?, ¿qué tipo de desvelamiento?

El cubo blanco

Considerar la exposición en términos de dispositivo implica revisar la mecánica de una manifestación espacial crucial para el modernismo tardío: el cubo blanco. El cubo blanco, ese espacio en el que se han anulado las ventanas, se han blanqueado las paredes, se han pulido los suelos y se ha colocado una fuente de luz en el techo, ejemplifica el proceso de aislamiento de los espacios de arte del mundo exterior. Esta separación del espacio expositivo ha privilegiado la estetización de las cualidades formales de la vida en su transferencia al objeto artístico. Sin embargo, como sugiere Brian O'Doherty, el confinamiento que genera el espacio expositivo moderno es precisamente el verdadero desencadenante de un cuerpo de reflexividad en torno a la obra de arte y las formas de su exposición pública. De hecho, este es el contexto a partir del cual podríamos decir que el comisariado surgió como una práctica crítica capaz de proyectar modos creativos de hacer exposiciones que, a su vez, fueran capaces de impugnar los límites de ese espacio canónico moderno. En este sentido, los debates y las prácticas artísticas mantenidas desde los años sesenta como respuesta crítica al cubo blanco se han dirigido a cuestionar la ideología implícita en la supuesta neutralidad del espacio expositivo. Sin embargo, el hecho comprobable es que, una y otra vez, sus cualidades, la blancura y el silencio intentan borrar la evolución de esa reflexión crítica. Por esta razón, las prácticas curatoriales deben permitir la posibilidad de la disrupción como parte de la experiencia artística dentro de los límites del cubo blanco. En otras palabras, deberían implicar un proceso de actualización de aquellas cualidades de la obra de arte descartadas por las premisas ideológicas del propio dispositivo.

El cubo blanco se ha definido como una forma espacial en la cual el tiempo queda suspendido. El confinamiento, su aislamiento respecto al mundo exterior, al mismo tiempo que la sensación de una atemporalidad sin límite, son cualidades necesarias para controlar la experiencia estética ante la obra de arte. O'Doherty lo expresa así:

> Sin sombra, blanco, limpio, artificial, el espacio está dedicado a la tecnología de la estética. Las obras de arte están montadas, colgadas, dispersas para su estudio. Sus superficies ásperas no están afectadas por el tiempo y sus vicisitudes. El arte existe en una especie de eternidad de exhibición y aunque hay muchas fases (tardío modernas), no hay tiempo[39].

Brian O'Doherty sitúa el arranque de la ideología del cubo blanco en el espacio expositivo de los salones de París del siglo XIX para examinar el tipo de control que ejerce dicha ideología moderna sobre la experiencia estética, una experiencia basada en una relación visual sin interferencias ante el objeto artístico. Frente a esta concepción de la experiencia estética, el aparato ideológico que la propicia va a ir configurando el espacio expositivo como un emplazamiento sin mediación, libre de interrupciones, que a la vez limita paulatinamente las manifestaciones artísticas que contradicen o ponen en duda dicha relación directa entre espectador y obra de arte.

El encuentro controlado entre ambos —sujeto y objeto— configura gradualmente un sujeto estético aislado del mundo, un sujeto que se construye estéticamente frente al objeto artístico en este cubo vacío sin tiempo. Una vez más el sujeto danzante que describe Lepecki se encuentra solo, extraído de la realidad social.

El espacio expositivo y sus reglas delimitan a su vez la organización de las obras en el espacio, por ello, la exposición debe ser también comprendida como parte del propio dispositivo. En este sentido, el dispositivo no es solo el contenedor (el espacio arquitectónico), sino también la estructura espacial que sostiene una organización relacional entre elementos. Por ello, más allá de las características espaciales del cubo blanco, la exposición también puede entenderse en términos de dispositivo: como una red que establece un orden y un control entre los distintos elementos, es decir, como un conjunto de reglas que regula, clasifica y produce subjetividad dentro de sus parámetros físicos, un mecanismo que influye también en la producción de sentido, determinando así lo que prevalece y lo que no, lo que se convierte en verdad y lo que no.

Aproximarnos a la exposición desde el concepto de dispositivo invita también a cuestionar la relación entre objeto, sujeto y verdad, a saber, los protocolos que se ponen en marcha dentro de la exposición con respecto a la agencia entre objeto y sujeto. Por tanto, implica volver a examinar los procesos de subjetivación en este espacio y preguntarse por los modos en los que el sujeto es producido dentro de la experiencia estética. Este ejercicio también promueve una criticalidad[40] sobre la práctica de hacer exposiciones. Un autoanálisis que debe preguntarse por los límites que la definen, por la protocolarización de sus actuaciones y por su creciente institucionalización.

Juliane Rebentisch ofrece una nueva mirada sobre la relación objeto-sujeto-verdad dentro del dispositivo de la exposición. Se refiere a la instalación expositiva como un género intermedial, una hibridación entre medios que devuelve otro posible entendimiento de la autonomía del arte, basada en la autonomía de la experiencia estética frente a la razón teórico-científica o la razón moral. Rebentisch defiende que la experiencia estética es un proceso que tiene lugar entre sujeto y objeto, que traslada el concepto de autonomía estética a la experiencia que emerge del objeto u obra artística. El objeto se convierte en estético solamente a través de los procesos de la experiencia que se activa en el encuentro con el sujeto. En este sentido, defiende que el arte no es autónomo porque esté constituido de tal o cual manera, es decir, por las condiciones específicas de su producción, sino por dar lugar a una experiencia que emerge de la relación entre sujeto y objeto. Lo expresa de la siguiente manera:

> Lo que surge bajo el concepto de instalación son no tanto obras, sino modelos de su posibilidad; no tanto ejemplos de un nuevo género, sino géneros siempre nuevos. El arte instalativo también se opone al concepto objetivista de obra al difuminar los límites de la obra de arte orgánica, tradicional, en relación con el espacio que la rodea y/o respecto de sus contextos institucional, económico, cultural o social. El arte instalativo parece asignarle al observador un nuevo rol activo, entendido como una nueva forma de interactividad. La instalación llega a estar en relación directa con un problema de la filosofía moderna: el problema de la ontología sujeto-objeto[41].

El objeto, según Rebentisch, se convierte en estético como parte de la experiencia que emerge como un flujo continuo con el sujeto, y es activado en el espacio expositivo, el lugar donde se despliega la instalación. Para la autora, la experiencia estética es aquello que acontece entre sujeto y objeto, una suerte de fusión ontológica. La construcción del sujeto en el espacio expositivo se produce en términos de individualidad y aislamiento hasta que el objeto lo interpela para cristalizar en una nueva posibilidad subjetiva. Esta potencialidad también será objeto de control del dispositivo expositivo.

Contradispositivo

El concepto de dispositivo fue la primera noción que se introdujo en el grupo de lectura «Dispositivos del tocar: Imaginación curatorial en tiempos de fronteras expandidas»[42], que tuvo lugar en Trankat, Tetuán, entre abril y octubre de 2015. En la primera sesión (13 de abril), el término dispositivo se introdujo a través de la lectura colectiva del texto de Gilles Deleuze *¿Qué es un dispositivo?* y la selección de varias obras de Xabier Salaberria. La sesión contó con la presencia del artista y su presentación propició la configuración de un espacio reflexivo entre teoría y práctica, un espacio intermedio desde donde compartir y especular en torno al concepto de dispositivo y sus múltiples aproximaciones. Dar cuenta de las *cosas* que activan un proceso especulativo ayuda a reflexionar sobre el proceso de pensamiento que lo desencadena. Por ello, al igual que empleamos teoría y referencias bibliográficas para elaborar especulación, en el contexto del grupo de lectura, las obras también articulaban la posibilidad de expandir nuestras ideas y formas de construir relación. Algunas de las obras que Salaberria compartió en el momento nos ayudan ahora a definir un nuevo y posible concepto, el de *contradispositivo*.

La primera de sus obras que paso a describir consiste en una intervención (en origen ideada para ser permanente), realizada por el artista en 2002 para el jardín de Arteleku[43], en Donostia-San Sebastián: una plataforma de 40 cm de altura y 9 x 6 m de ancho que se erigía ambiguamente, como apunta Miren Jaio, entre lo que parecía ser «una pieza de mobiliario urbano, un pedestal para un monumento aun por venir o la base de hormigón de una pequeña arquitectura»[44]. Pese a la indeterminación de su propio carácter — entre antimonumento, obra inacabada o «ruina sobrante»— y a la falta de una funcionalidad aparente —«demasiado baja y amplia para servir de banco»—, esta construcción establecía el lugar para un devenir, un espacio que se abría para constituir relaciones y usos fortuitos. En suma, la plataforma simplemente ofrecía un espacio de permanencia sin ninguna finalidad, era la estructura elemental de un dispositivo de funcionalidad indefinida, que la dejaba sin una articulación clara ante lo que esta pudiera desencadenar.

El contexto de la producción de esta obra tuvo que ver con la remodelación del edificio de Arteleku en 2002, dirigida a redefinir la institución siguiendo una preocupación específica que entendía ciertos procesos activos en ese momento de desmaterialización de la producción artística como respuesta o consecuencia del modelo económico neoliberal del capitalismo tardío. La institución buscaba una nueva articulación del espacio y sus usos que respondiera a este contexto de cambio. Para la remodelación, su director, Santiago Eraso, invitó no solo a arquitectos sino también a artistas[45] a intervenir en la renovación, añadiendo de este modo dos capas —una arquitectónica y otra artística— a la transformación del edificio y su entorno. Xabier Salaberria fue invitado a intervenir en el jardín y a colaborar con los arquitectos Alex Mitxelena e Ibon Salaberria, encargados de diseñar un terreno adyacente que pertenecía al edificio.

Conservo recuerdos personales de Arteleku, del jardín y de la plataforma, ya que en aquella época dirigía junto con el crítico y comisario Peio Aguirre la iniciativa independiente D.A.E. (Donostiako Arte Ekinbideak), una estructura asociada a la institución y que hacía uso de uno de sus espacios desde donde trabajábamos a diario. Recuerdo haber ido muchas veces a la plataforma a comer allí el almuerzo, a debatir sobre nuestro trabajo en curso o la situación de la escena artística local e internacional en los años próximos a la inauguración de Manifesta 5 en la ciudad. De hecho, la plataforma fue un recurso para pensar y ver las cosas desde todos los ángulos, un espacio desde el que interrumpir las dinámicas cotidianas o lanzar ideas para futuros proyectos, un espacio también para parar y mirar a nuestro alrededor y ampliar perspectiva, ver qué es lo que no funcionaba, lo que no nos gustaba. Un espacio de reafirmación en algunas ocasiones y para una completa transformación en otras, según el estado de ánimo que nos acompañara.

Finalmente, este uso recurrente como válvula de escape o como paréntesis en nuestro quehacer, nos llevó a emplear la plataforma para una experiencia colectiva, ya que acabamos utilizando la obra de Salaberria como emplazamiento espontáneo de encuentro y debate en el contexto del taller titulado «We rule the school: Una comunidad de investigación»[46], que organizamos como D.A.E. en Arteleku en 2005. Tiempo después, apenas frecuentaba ese lugar, tampoco volví a visitar la obra de Salaberria que tanto habíamos usado durante años.

Hoy la obra ya no existe. Fue destruida junto con el edificio de Arteleku para dar paso a la reconversión urbana de la zona. Sin embargo, su estructura formal en bruto sirve todavía como metáfora de las condiciones efímeras necesarias para permitir la configuración de una institución posible. Su ecología intrínseca, la austeridad de su estructura frente a las múltiples potencialidades quedó grabada en mi inconsciente como un arquetipo aplicable en otras condiciones y en oportunidades futuras. La plataforma se convierte así en una imagen-estructura de lo que puede ser un emplazamiento para el arte, la base de un posible espacio virtual del cual solo se nos ofrecen los cimientos. Un contradispositivo quizás, por su carácter todavía en formación, por su condición suspendida en un estado de todavía no ser, capaz de instituir nuevas formas de agencia común a través del deseo que emana del simple hecho de estar allí sin un propósito predeterminado, sin materializarse en nada concreto, permanentemente abierto a la posibilidad. En consecuencia, la plataforma marca el espacio con una demanda: la necesidad de activar nuestra imaginación a la hora de establecer formas instituyentes de organización.

José Esteban Muñoz en su libro *Utopía queer* recupera lo aún-no-consciente de Bloch para referirse a aquello que es reconocible como un sentimiento utópico. Muñoz nos hace ver cómo Bloch se detiene en la iluminación anticipatoria del arte como un excedente de afecto y de significado que es propio de la estética[47]. Lo todavía-no-consciente, lo no-totalmente-consciente, añade Muñoz, «es el campo de una potencialidad a la que debemos recurrir y en la que debemos insistir si queremos ver más allá de la esfera pragmática del aquí y ahora, la naturaleza vacía del presente».

La sensación de estar allí, en la plataforma, retorna ahora unida a un acto de reconocimiento-no-consciente o todavía-no-consciente del pasado hacia el futuro. Algo que se intuía ya entonces como portador de formas frugales, ponderadas en su apariencia, en su constitución material, pero que permanecen abiertas todavía hoy a la potencialidad.

Otro de los trabajos que se presentó en la sesión con Salaberria en Trankat, y que nos ayuda a continuar con el argumento del aún-no-consciente como una forma de contradispositivo, corresponde al proyecto *Inkontziente/Kontziente* (Inconsciente/Consciente), una instalación del artista que se presentó en varios contextos expositivos entre 2011 y 2012. Este proyecto contiene una serie de obras que, a través de un cruce dialéctico entre escultura y diseño, analiza las implicaciones ideológicas de algunos gestos formales procedentes del modernismo y el posmodernismo. Salaberria se aproxima al diseño, según Peio Aguirre, como «un residuo material específico de las ideologías de cada época histórica»[48]. En otras palabras, la obra presta una mirada atenta a cada detalle constructivo de algunas obras escultóricas del pasado, piezas diseñadas y construcciones emblemáticas con el fin de exponer la inversión ideológica que hay detrás de cada decisión formal.

Una de estas referencias constructivas, la más visible, es el pabellón republicano español diseñado por los arquitectos Josep Lluís Sert y Luis Lacasa en 1937 para la Exposición Internacional de París. Salaberria hace referencia a esta construcción a través de una serie de fotografías en color realizadas para la ocasión por el fotógrafo Manolo Laguillo, que fue requerido por el artista para documentar la réplica del pabellón construida en 1992 para la celebración de los Juegos Olímpicos de Barcelona. Esta réplica se construyó, de hecho, a partir de una operación arquitectónica que la ciudad de Barcelona decidió emprender tras el éxito turístico de la reconstrucción del pabellón de Barcelona, obra emblemática de Mies van der Rohe para el pabellón nacional de Alemania en la Exposición Internacional de Barcelona de 1929[49]. La atención de Salaberria sobre el pabellón-réplica nos ayuda a examinar las dinámicas de representación nacional que se activan a través de la arquitectura y, más concretamente, cómo este tipo de representación pone en juego cierta toma de conciencia de la noción de Estado nación a través de la exposición. El anacronismo desempeña un papel importante en esta obra, lo que permite extender el análisis a otros elementos formales constructivos de la réplica y dar paso a un encuentro entre lenguajes materiales pertenecientes tanto al modernismo como al posmodernismo, e incluso una suerte de transustanciación representacional, en el que una cosa deviene otra, propiciando la posibilidad de un nuevo reconocimiento identitario en el símbolo del pabellón en las condiciones culturales del presente[50].

El pabellón español fue, de hecho, una obra de encargo realizada por el Gobierno republicano a los arquitectos Sert y Lacasa, que ya eran figuras relevantes dentro de la arquitectura española. Con este encargo se pretendía exponer el difícil momento que vivía el país, inmerso en la Guerra Civil. El pabellón se proyectó como el aparato necesario para denunciar públicamente las atrocidades de la guerra contra la población civil y convertirse así en símbolo de la resistencia republicana contra el fascismo. Desde el punto de vista constructivo, el pabellón republicano se convirtió en un hito —aunque fuera mucho más modesto que las ambiciosas construcciones de las dos grandes potencias sociales y económicas de la época, el pabellón de la Alemania nazi (por el que fue premiado Albert Speer) y el pabellón de la Unión Soviética—, una referencia histórica, considerada un ejemplo de buena arquitectura ejecutada en las precarias condiciones de un estado de emergencia y también uno de los primeros modelos de arquitectura prefabricada en la historia[51]. El pabellón español también se conoce por ser el lugar en el que se expuso por primera vez el *Guernica* de Picasso.

En la documentación del pabellón original, se puede ver que el edificio fue diseñado para exponer obras de arte, pero también para acoger actos públicos y proyecciones de películas. Este es un detalle que nos da algunas claves sobre el mecanismo expositivo del pabellón, que hizo públicas las preocupaciones republicanas a través de un sofisticado aparato expositivo dentro del difícil contexto histórico. Con su trabajo, Salaberria pretende exponer las lógicas constructivas del pabellón de 1937, pero también la presencia anacrónica de su réplica posmoderna en Barcelona, que inesperadamente ofrece al espectador nueva información sobre la construcción original, como los colores, la textura de los materiales, la dimensión del conjunto, que eran imperceptibles en las fotografías en blanco y negro. Sin embargo, el artista marca una distancia intencionada entre su autoría y el trabajo, que se materializa en su aproximación mediada a la réplica. Para ello, encarga a Laguillo, fotógrafo documentalista profesional, un autor en sí mismo, fotografiarla, aunque siguiendo una serie de preceptos que Salaberria le marca. Las imágenes seleccionadas, doce en total, mantienen una semblanza icónica a la vez que también extrañamente extemporánea, apuntando al mismo tiempo a cierta desubicación no solo respecto al pasado, sino también al presente e incluso al futuro. Esta imposibilidad tiene que ver con la dificultad de encajar un modelo expositivo del pasado que respondía de forma activa a un marco político-estético concreto dentro de un tiempo presente que carece de esas condiciones y por lo tanto lo deja desprovisto de una especificidad.

Esta intención se materializa también en el sistema estructural que Salaberria diseña para mostrar las fotografías y que consiste en varios paneles que se desprenden de la pared a través de un soporte de hierro. Se trata de un sistema de exhibición que el artista ideó para exponer las imágenes de Laguillo y que establece, como explica Peio

Aguirre, una conexión formal con «los sistemas de paneles ideados por el fundador de la Documenta, Arnold Bode, a mediados y finales de los años cincuenta, una solución prototípica modernista para el desarrollo de la exposición como un medio de masas»[52], que en el periodo de posguerra será capaz de aglutinar un gran número de visitantes al mismo tiempo. Destacando el gesto de exponer unas imágenes que el artista no ha tomado por sí mismo, el propósito de la autoría queda poco claro en esta obra de Salaberria, que de hecho da la misma importancia al contenido fotográfico y a la forma de exponerlo públicamente. El sistema de Salaberria no es simplemente una repetición formal del diseño de Bode, una nueva réplica como la del pabellón, sino una estrategia para volver a señalar, para hacer visible una forma pasada proveniente de la historia de las exposiciones, dejando que el aún-no-consciente quede activo y no totalmente mostrado. Esta repetición hace visible el residuo de un vocabulario formal que hizo posible la configuración de la exposición como un aparato moderno.

Salir de la retícula

Dice Deleuze:

Lo físico es el umbral de lo que es visible y lo que puede ser enunciado. No hay nada dado en un aparato que pueda tomarse en algún tipo de estado bruto.

Durante mucho tiempo Foucault limitó su método a secuencias cortas de la historia francesa. Pero en sus últimos libros se planteó secuencias más largas, empezando por los griegos. ¿Podría hacerse la misma extensión geográficamente? ¿Podrían usarse los métodos análogos a los de Foucault para estudiar los aparatos sociales (dispositivos) orientales o los de Oriente Medio? Ciertamente, ya que el lenguaje de Foucault, que ve las cosas en términos de parcelas de líneas, como enredos, como conjuntos multilineales, tiene de hecho un aire oriental[53].

Para cuando Salaberria termina su presentación, tenemos que encender las luces porque la sala está cada vez más oscura: A continuación, explico la mecánica del grupo de lectura: discutiremos abiertamente el texto seleccionado para cada sesión, tratando de no generar jerarquías entre los que saben más o menos del mismo. También propongo que cada sesión requerirá de un voluntario para elaborar una crónica de la conversación. No obstante, en algunas ocasiones se podrían proponer ejercicios de redacción para generar un informe colectivo. En esta ocasión, Mariam se propone como voluntaria. Sugiero entonces entrar en el texto de Deleuze y abrir el diálogo en el grupo, pero Samuel, uno de los participantes, propone hacerlo en el tejado de Dar Ben Jelloun. Todos estamos de acuerdo. Nos llevamos la grabadora, aunque el día está bastante nublado y parece que puede llover en cualquier momento, así que las condiciones para grabar no son muy buenas.

Meses después, el ruido del viento y de las estrechas calles de la medina interrumpe mi escucha de la sesión, pero a pesar de ello me ayuda a reconstruir esta experiencia. El debate se abre con preguntas y comentarios sobre el texto y las obras de Salaberria. Los participantes se muestran callados y tímidos al principio. Mencionan la dificultad del texto y se excusan por su desconocimiento del término propuesto para la sesión. Decido preguntar a cada uno por su propia experiencia de lectura y la conversación empieza a fluir. Les comento entonces que he leído el texto muchas veces y que todavía hay cosas que no entiendo, y que por eso me gustan mucho los grupos de lectura, porque puedes recibir la ayuda de los demás para entender mejor un texto difícil. Entonces Samuel propone leer juntos en voz alta la parte de la discusión tras la conferencia de Deleuze. Entre todos decidimos repartirnos las seis voces que aparecen en el diálogo transcrito. Comenzamos y funciona. Pronto hay interrupciones de los que quieren profundizar en lo que se acaba de leer, como cuando Samuel vuelve a sugerir volver a la noción de verdad. Entiende por el texto que la verdad está en todas partes, pero se pregunta qué clase de verdad es esa. Además, quiere saber cómo funciona esta noción de verdad en la obra de Xabier Salaberria, concretamente en relación con las fotografías de la réplica del pabellón y las fotografías del original. Sugiere que decir la verdad puede entenderse también como mentir, como una sustitución de un relato por otro, como el ejemplo de las fotografías de la réplica del pabellón que se vuelven tan icónicas como las imágenes originales, aunque las nuevas intentan hacer otra cosa. La fotografía puede ser también un aparato, todos estamos de acuerdo. Nos abandonamos a esa discusión, olvidando el texto que estábamos leyendo.

De repente, la llamada al rezo interrumpe nuestra conversación. Estamos sentados en el tejado de Dar Ben Jelloun, que está muy cerca de Jamaa el Kebir (la gran mezquita) y el sonido es ensordecedor. Tenemos que parar y esperar a que termine, no podemos oír nuestras propias voces.

Este momento de silencio en el grupo, me lleva a pensar en la *lingua franca* de la sesión. Esta vez utilizamos el inglés, pero no estoy segura de que sea correcto para otras ocasiones. No hemos encontrado el texto de Deleuze en francés, por eso el inglés ha acabado monopolizando la situación. Sin embargo, el nivel de conocimiento de este idioma varía. La mayoría lo entiende, pero cuando se trata de leer un texto teórico, les resulta difícil. Me pregunto si deberíamos utilizar varias lenguas a la vez y cómo hacer esto. Los estudiantes que vienen de la región del Rif hablan español, el resto, que viene de otras ciudades del oeste o del sur, habla francés. Sigo con mis pensamientos y me doy cuenta de que me gusta este momento de silencio en el grupo. En cuanto terminan las oraciones, nuestra conversación se reanuda espontáneamente. La discusión a través de la lectura nos lleva ahora a hablar de la subjetividad respecto a la objetividad. La idea del devenir, de lo que deviene a partir de la luz, como en el ejemplo de Manet, que plantea Deleuze, esta idea abre nuevos espacios en la conversación. Traigo la cuestión de la luz con respecto al cubo blanco. Hago una correlación entre el cubo blanco y la caja negra del teatro. En la caja negra, las cosas pasan de la oscuridad a la luz y se hacen visibles. Por el contrario, en el cubo blanco todo permanece sobreexpuesto; sin embargo, esta saturación acaba borrando también huellas importantes del pasado y las vuelve invisibles. Leemos en voz alta varias veces los párrafos de Deleuze.

El esquema urbano circular y multilineal de la medina de Tetuán nos invita a aproximarnos a esta perspectiva oriental que apunta Deleuze en relación al dispositivo. Esta idea me lleva más tarde a confrontarla con una imagen que encontré en mi primera estancia en la biblioteca del Instituto Francés de esa misma ciudad en un libro sobre la urbanización moderna de Casablanca durante los primeros años del Protectorado francés. La imagen muestra una vista de la instalación de la Exposición Colonial en Marsella de 1922 donde se exhibe una serie de mapas y fotografías aéreas del desarrollo urbano de la ciudad. La fotografía revela no solo los elementos que componen la instalación expositiva, sino también un conjunto de capturas aéreas que muestran la aplicación *geométrica* de los planos modernos sobre Casablanca. Se trata de la obra del arquitecto y urbanista francés Henri Prost, una de las figuras centrales del movimiento urbanístico en Francia y del urbanismo colonial a través de sus intervenciones en varias ciudades marroquíes como la mencionada Casablanca, pero también Fez, Marrakech o Rabat.

Esta imagen nos ayuda a prestar atención a la eficacia de la exposición como aparato, concretamente, en su concepción moderna sujeta a una cuadrícula que en el contexto de esta exposición colonial despliega sobre la pared los mapas y fotografías aéreas replicando el estilo de exhibición de la pintura de salón, es decir, mostrándolas juntas, una al lado de otra sin dejar huecos libres en ellas, para introducir de manera eficaz y clara los proyectos constructivos para Casablanca. La estructura formal de la instalación da cuenta del escenario expositivo que filtra suavemente a la población francesa los resultados de las misiones de investigación y desarrollo relacionadas con cuestiones urbanísticas llevadas a cabo en Marruecos. Una puesta en escena que anunciaba en su momento el retorno del urbanismo colonial a la metrópoli (los proyectos acabarían aplicándose en la periferia de ciudades de mayor tamaño). Todas las imágenes se ajustan a la pared como si de una piel, una superficie lisa sin estrías, se tratara. Una vez más, como en *Inkontziente/Kontziente* de Salaberria, el contenido y el contenedor comunican el mismo mensaje. El contenido y el medio muestran el plano rectilíneo del canon occidental.

Diapositivas

No revelamos las diapositivas que Salaberria tomó ese 11 de abril hasta que llegamos a casa. Al final, la mayoría eran bastante buenas. Nos sentimos aliviados. Juntos seleccionamos dos de ellas. Ambas proponen un juego visual entre fondo y figura. La primera imagen muestra el islote enfocado en el fondo, haciendo que el trocito de tierra en el que estamos situados y desde donde se toma la fotografía aparezca desenfocado. La segunda emplea el efecto contrario: el terreno desde el que se ha tomado la imagen se muestra nítido mientras que el islote aparece desenfocado. En la primera, el islote es el objeto central, una vista que casi parece una ilustración de un libro o revista geográfica; en la segunda, esta intención se desdibuja para dar como referencia principal el lugar desde el que se construye la vista.

También hay algo interesante que surge de la relación entre ambas imágenes: la forma en que conectan visualmente la isla y el continente. Perejil, situada en su propio y ambiguo estatus de tierra de nadie, representando extrañamente la frontera fortificada europea, flota de manera autónoma frente a la tierra firme del continente. Su aspecto etéreo, sin anclajes, parece invitar a volcar proyecciones sobre su condición exenta. La imaginación de una posibilidad que active su propia potencia de ser una tierra sin dueño, una tierra que tome las riendas de su propia existencia.

Las diapositivas proponen ambas localizaciones como igualmente relevantes, mediante un desplazamiento de la atención del espectador entre fondo y figura, enfocando y desenfocando cualquier punto de referencia estable. Al ver de nuevo las imágenes, pienso en cómo el dispositivo puede ser contenido por una construcción o un escenario bien definido, pero también desmaterializado en muchas otras formas efímeras que sustentan nuestra propia vida cotidiana, como el pequeño espacio que ocupamos al lanzar la mirada.

2

PEÑÓN DE VÉLEZ DE LA GOMERA: TOCAR

Martes, 2 de junio de 2015

Ayer llegué a Tetuán. Naziha me esperaba en la parada de taxis cerca de la puerta de Bab el Okla. Nada más llegar, me repitió varias veces el nombre del lugar para que pudiera memorizarlo. Bab el Okla, Bab el Okla, Bab el Okla. Le pregunté por su significado, pero, aunque el español de Naziha es muy bueno, a veces se le olvidan algunas palabras. Se llevó las manos a la cabeza y dijo algo sobre... la memoria. «¡Muy bien! La Puerta de la Memoria, pensaré en esta idea cuando me refiera a esta entrada a la medina, pero quiero intentar recordar su nombre en árabe». Más tarde, en Dar Ben Jelloun, Naziha me ayuda a repasar la ruta desde Bab el Okla hasta casa:

Puestos de verdura
Calle del pescado
Dulces de Chebakia
Tienda de zapatos
Calle Bahi
Calle Hammam Damhli
Fendak Nejar
Escuela infantil
Jamaa el Kebir
Dar Ben Jelloun

Martes, 9 de junio de 2015

Reyes de Marruecos:
Mohammed V (Sultanato, 1927-1957. Reinado, 1957-1961)
Hassan II (Reinado, 1961-1999)
Mohammed VI (Reinado, desde 1999)

Periodos coloniales francés y español:
Protectorado francés: 1912-1956 (Tratado de Fez-
Independencia)
Protectorado español: 1912-1956 (Tratado de Fez-
Independencia)

Estoy en el estudio de Younes Rahmoun en Rabat. Les muestro a él y a su esposa Laila el libro *Mujeres bereberes de Marruecos*, que he comprado en la Fundación Slaoui en Casablanca. Mientras hojeamos juntos el libro, me cuentan que a la monarquía marroquí no le agrada que los amazigh del Rif accedan a puestos dentro de la Administración o el Gobierno. Me explican que, en su opinión, esto tiene que ver con la revuelta rifeña de 1921, llamada posteriormente guerra del Rif, contra el poder colonial español. Este levantamiento se extendió a otras regiones controladas por el poder francés, llegando incluso a Fez, capital de Marruecos en ese momento y lugar de resistencia del sultán, Yusef ben Hassan. Ante tal amenaza, la corte fue trasladada de Fez a Rabat, donde permanece en la actualidad.

Beni Boufrah

La visita al peñón de Vélez de la Gomera se produjo el lunes 15 de junio de 2015. Salimos de Tetuán el día anterior y viajamos en coche hasta la cabila de Beni Boufrah, un pequeño pueblo de la provincia de Al Hoceïma, en el Rif. Organicé este viaje junto a Younes Rahmoun y su tío Mohamed Charchaoui y Laila Eddmane, la esposa de Younes. Heidi Vogels también nos acompañó. Vélez y las islas Alhucemas se encuentran en la misma provincia y muy cerca entre sí, por lo que decidimos hacer estas dos visitas juntas. El viaje de Tetuán a Beni Boufrah fue largo, aproximadamente cinco horas, y un poco incómodo, porque la carretera estaba llena de curvas.

Finalmente, llegamos de noche y nos quedamos todos con la familia de Younes. La casa es de reciente construcción y durante un corto periodo de tiempo funcionó como residencia para un proyecto artístico iniciado por el comisario marroquí Abdellah Karroum en colaboración con el MACBA, de Barcelona. Esta colaboración artística se plasmó en una exposición colectiva titulada *Ante nuestros ojos: otras cartografías del Rif,* que tuvo lugar en La Kunsthalle de Mulhouse (Francia) y en el MACBA. No llegué a visitar la exposición ni sabía antes de empezar mi investigación que la casa de la familia de Younes había acogido a artistas de Barcelona durante un tiempo. Gracias a Heidi Vogels, que llevaba varios años trabajando en Marruecos, conocí la existencia de esta residencia en Al Hoceïma. Una vez allí, compartimos el tiempo y el espacio hogareño. Comimos y cenamos juntos, jugamos con el sobrino de Younes y vimos la televisión en el salón después de volver de nuestros paseos y visitas a los enclaves.

El peñón de Vélez de la Gomera fue el primero que visitamos en este viaje. Mohamed intentó conseguir un barco para acercarnos, pero las condiciones meteorológicas no eran buenas para navegar y acabamos eligiendo una ruta por las montañas cercanas. El sol era fuerte ese día y el sonido de las cigarras en el bosque nos hizo conscientes del aumento de la temperatura.

Los alrededores de Vélez difieren de los de Perejil. Durante nuestro paseo, no vimos ningún puesto militar y, como la zona no parecía controlada, podíamos abandonarnos a la belleza del paisaje mediterráneo. Tardamos aproximadamente una hora en llegar a un lugar desde el que poder ver el peñón. Cuando por fin llegamos, estábamos de nuevo en un punto alto, como en la visita a la isla de Perejil, aunque esta vez el peñón estaba bastante cerca de nosotros, ya que permanece unido a tierra por un tramo de arena. Pese a esa proximidad, nuestra posición no nos permitía distinguir con claridad la actividad diaria de Vélez. Sí pudimos comprobar que todavía estaba habitado. La vida se hacía evidente por sus construcciones: unos edificios bien pintados de blanco al pie de la roca y una estación de vigilancia en la cima. Sin embargo, lo más destacable fue la inexistente frontera. No se podía adivinar dónde acababa Marruecos y dónde empezaba España. En la arena, había unos cuantos barcos tumbados y, en un lado, una señal para ayudar a los helicópteros a aterrizar. No pudimos ver a nadie y no sabíamos si alguien nos observaba desde abajo.

Nos tomamos un momento. Younes se alejó un poco para buscar otras vistas sobre el peñón. Heidi llegó un poco más tarde porque había estado registrando con su grabadora el ruido de las cigarras. Yo estaba hablando con Mohamed cuando nos dimos cuenta de que no estábamos solos. Un rebaño de cabras colonizó de repente la zona en la que nos encontrábamos y un poco más tarde el pastor también llegó al lugar. Esperamos unos minutos antes de acercarnos a él. Queríamos hacerle tantas preguntas... La conversación entre Laila, Younes, Mohamed y el pastor se desarrolló en *dariya* (árabe marroquí). Como no podía entender lo que decían, decidí disfrutar de la escena que había aparecido espontáneamente ante nosotros. El pastor se sentó en el suelo, dando la espalda al peñón, mirando hacia donde estábamos de pie. La imagen afable del pastor y sus cabras contrastaba con la que recibimos en España a través de los medios de comunicación de una zona fronteriza muy politizada. De repente, todos sacamos nuestro equipo: cámaras, micrófonos, grabadoras, teléfonos móviles. No queríamos perdernos ningún detalle de ese momento. Las cabras, entretanto, comían hierba tranquilamente. Ahora me pregunto cómo se nos vería desde el otro lado. Más tarde, nuestros amigos nos explicaron que el pastor les había contado que el contacto entre los soldados españoles y los habitantes marroquíes de la zona no era muy frecuente. Sin embargo, no hacía mucho, un médico militar español de Vélez había atendido a un niño de la cercana localidad de Badis.

Volvimos a casa inmediatamente después, nos esperaban para almorzar. A última hora de la tarde, Younes nos propuso visitar su proyecto artístico en curso situado en los campos de Beni Boufrah. Se encuentra a poca distancia de la casa de su familia, en el bosque a las afueras del pueblo. Se trata de una construcción efímera relacionada con su proyecto a largo plazo titulado *Ghorfa;* la acompañan tres árboles plantados por el artista: un olivo, una palmera y una higuera.

Caminamos por un pequeño sendero de arcilla mientras trataba de fotografiar la luz rojiza del momento en que la puesta de sol apenas comenzaba. Los rezos empezaron a escucharse a lo lejos. El Ramadán estaba a punto de iniciarse y podíamos oír la llamada de varias mezquitas cercanas, lo que provocaba una interesante resonancia. El sol ya había desaparecido cuando llegamos al lugar. Laila y Younes descansaron un rato sentados en una roca cerca de la *Ghorfa*. Heidi y yo decidimos pasear por la zona y confirmar por nosotras mismas que la puerta de esta pequeña edificación permanecía efectivamente abierta, como nos había contado el artista, ya que así había decidido dejarla siempre. Nos quedamos allí un rato, en silencio, intentando retener la sensación de la experiencia, la de simplemente estar allí en ese preciso momento.

Badis

Durante algún tiempo, al comienzo de la investigación sobre la historia de los enclaves españoles de la región del Rif, no pude encontrar relatos relevantes sobre Vélez o Alhucemas. Esto me hizo tomar conciencia de que la invisibilidad de estos territorios no era solo una cuestión contemporánea, sino que tenía precedentes históricos. Podríamos decir que el estatus de prohibición de estos territorios había provocado un punto ciego en su historiografía que dificultaba conocer las condiciones de su vida cotidiana. Así pues, una vez más, me encontré especulando sobre la vida de las plazas y su contacto con las comunidades cercanas. No fue hasta que visité la biblioteca del Instituto Cervantes de Tetuán que conseguí encontrar un relato interesante que me ayudó a imaginar esas condiciones. Allí localicé un número de la revista *Aldaba*, editada por la UNED de Melilla en 1991, que incluye el facsímil de un libro titulado *El contagio del peñón*, escrito en latín en 1744 y traducido un año después al castellano, que documenta la grave situación en Vélez de la Gomera durante el siglo XVIII. A partir de ahí, y gracias a otras referencias, pude obtener algunos relatos de experiencias pasadas de la vida de las plazas del Rif. Lo que sigue nos ayudará a situar espacial y temporalmente las complejas circunstancias del asentamiento colonial de Vélez de la Gomera.

Desde la remota antigüedad, los habitantes de Alhucemas habían visto numerosas embarcaciones comerciales navegar por el mar de Alborán. De vez en cuando algunas de esas embarcaciones encallaban y los lugareños se apresuraban a rescatar lo que el mar dejaba en la playa, produciéndose así, según los vestigios arqueológicos, una forma de contacto vivo con culturas lejanas. Sin embargo, otros visitantes se acercaron a la costa con la intención de conquistar, como en 1508 cuando varios barcos españoles llegaron a la zona y ocuparon el peñón de Vélez de la Gomera en nombre de Fernando el Católico con la intención de conquistar a partir de ahí Badis. Desde entonces, la historia del peñón de Vélez se asemeja a un itinerario laberíntico a través de numerosas catástrofes, que incluye terremotos, plagas y enfermedades epidémicas, que dan cuenta de su existencia marginal respecto del continente africano[54]. Según algunos autores, la resistencia a la ocupación fue expresada por las poblaciones locales desde el principio, que llegaron a recuperar el peñón entre 1522 y 1564, cuando fue reconquistado e incorporado al reino de Castilla[55]. Con el pretexto de que albergaba corsarios, y en defensa de sus intereses comerciales, se arrogó la protección del peñón. España, de hecho, utilizaría la misma excusa en 1673 cuando decidió ocupar las cercanas islas de Alhucemas, que en ese momento eran el objetivo de comerciantes franceses que pretendían establecer allí su cuartel general en la región[56]. A lo largo de los siglos, el peñón de Vélez y las islas Alhucemas recibirían constantes ataques de los habitantes de la costa para recuperar los territorios.

Desde los inicios de dichos asentamientos, los enclaves también funcionaron como cárceles en las que se recluían delincuentes, criminales y prisioneros políticos. Disidentes pertenecientes a diferentes ideologías, dependiendo de quién ganara las numerosas disputas civiles que tuvieron lugar en España, compartieron encarcelamiento[57]. En estas circunstancias extremas, el peñón de Vélez y las Alhucemas vivieron insurrecciones, huidas e incluso expulsiones: el cruce al otro lado era algo que ocurría con regularidad. En ese intercambio, los prisioneros españoles normalmente se mezclaban fácilmente con la población local, casándose y convirtiéndose al islam, mientras que algunos habitantes locales acababan cautivos en el peñón y las islas, sirviendo a los españoles como esclavos en la construcción de las fortificaciones de los enclaves[58]. No obstante, miembros de las comunidades bereberes lograron establecer actividades comerciales fluidas, a pesar de los constantes incidentes que se producían entre los que estaban a favor de hacer negocio y los que se oponían. A lo largo de los años y entre ambos mundos, el peñón y la costa se han observado mutuamente con desconfianza, pese al continuo intercambio de productos y personas.

Parece difícil imaginar que los habitantes de Vélez de la Gomera pudieran soportar las difíciles condiciones en el peñón, sobre todo estando sometidos a constantes luchas y batallas. *El contagio del peñón* nos ayuda a acercarnos a la austera vida del siglo XVIII, cuando el enclave tenía una población de unas quinientas personas. Vicente Moga Romero, en su introducción al contenido del libro en la revista *Aldaba*, explica que los principales problemas del peñón eran obtener provisiones y agua. Y, además, que las arriesgadas salidas de la isla para cazar y pescar aumentaban el impacto de las enfermedades epidémicas[59].

Según relata Moga Romero, las grandes enfermedades epidémicas se extendieron por Europa en los siglos XII y XIII, disminuyeron durante el XVI y volvieron a aumentar en el XVII. En el siglo XVIII, la peste bubónica estaba casi erradicada en Europa; aunque producía solo focos esporádicos, esto no supuso su total desaparición y el periodo fue testigo de un aumento de la literatura médica que detallaba cómo combatirla en las zonas portuarias. Uno de esos puertos inscritos en el circuito español de ultramar era Vélez.

Medidas preventivas como la cuarentena o la higiene eran bastantes comunes en el peñón, pero la falta de agua dificultaba las cosas, lo que provocaba que tanto prisioneros como soldados, al menos los más vulnerables, murieran rápidamente cuando una infección llegaba a Vélez. Sobre el origen de la infección específica de 1743 en la que se basa el libro, parece haber dos hipótesis: que o bien llegó a través de un cargamento de tabaco que encalló cerca de Larache[60] o que se propagó desde Ceuta por medio del cadáver de un fraile que había vivido en los territorios bereberes y que fue trasladado a la ciudad para ser enterrado[61]. La cuarentena se adoptó en Vélez en el mes de julio, inmediatamente después de declararse la epidemia en Ceuta, al llegar desde allí un barco con un soldado infectado, que murió poco después. La muerte del soldado fue seguida por otras, entre ellas las del médico y el cirujano del peñón, lo que obligó al gobernador de Vélez a escribir a Málaga pidiendo reemplazos[62]. A raíz de esta petición, Thomas Exarch, Juan de Figueroa y Joseph Serrano, dos médicos y un cirujano, que serían los autores de *El contagio del peñón*[63], llegaron a Vélez.

El libro describe cómo combatir la peste bubónica según los conocimientos de la época, dando importancia no solo al cuidado de las necesidades físicas sino también de las espirituales. Consideran que la infección se produjo por las malas condiciones de la plaza. Las disposiciones tomadas además de responder a los conocimientos y creencias del momento, también derivaron del hecho de que no estaba permitido salir del peñón. Según las circunstancias, se adoptaron las siguientes medidas: se quemaron los árboles de la costa y se estableció el aislamiento de los enfermos; la costa cercana debía utilizarse para los que estaban en cuarentena; se quemó también lo que había estado en contacto con los infectados; se utilizó pólvora para purificar la atmósfera, y se sacrificaron todos los perros y gatos.

El libro, considerado un relato histórico, literario y médico, fue terminado el 18 de diciembre de 1743 y se publicó un año después en Málaga. Este hecho muestra cómo, en tiempos pasados, la pequeña y prohibida plaza de Vélez podía hacerse visible de repente.

La epidemia se dio por finalizada en septiembre de 1744. Sin embargo, Moga Romero afirma que, poco después, en 1747, llegó una nueva peste al peñón, lo que evidencia que la cuarentena, la falta de agua y la alimentación deficiente formaban parte de las condiciones permanentes de la vida invisible de los enclaves del Rif.

Tocar

Tocar implica acercarnos y, por consiguiente, promueve un encuentro estrecho con lo inmediato. Tocar añade información sobre la percepción de nuestro entorno a la vez que nos ayuda también a sentir pertenencia, a darnos cuenta de nuestra presencia en un lugar concreto. Si cerramos los ojos y nos guiamos exclusivamente por un sentir táctil, la primera sensación que nos inunda es la de extrañeza. El tocar sin vista desorienta, demanda reexaminar nuestra forma de sentir y de construir una imagen de nuestra presencia frente a lo que nos rodea. Tocar es por tanto una forma de crear espacio, una dinámica relacional, un proceso de tomar conciencia de los cruces y encuentros que se establecen entre los elementos a la hora de producir realidad. Tocar es fusionarse con el exterior, sentir el contacto con la realidad y sentir que formamos parte de ella.

Pensar el peñón de Vélez bajo la noción del tocar implica imaginarnos este territorio como un elemento acotado, una realidad táctil, un espacio al que poder acercamos y palpar con nuestros dedos, con nuestro cuerpo. Implica también volver a la frontera invisible, a la línea intangible trazada virtualmente sobre la lengua de arena y mirar a su alrededor para comprender el contexto donde se inscribe, mirar hacia su interior para entender su composición material o incluso mirar hacia atrás en la historia y hacia adelante, hacia el presente y hacia una proyección futura imaginaria para examinar los numerosos casos de contacto que tienen lugar (incluyendo aquellos que han creado unión, pero también división). Volver a esa línea invisible hasta poder tocarla, sentirla entre las yemas de nuestros dedos implica otro tipo de entendimiento, significa comprender el modo en que esta línea inmaterial también alimenta la máquina fronteriza, tanto como cualquier aspecto arquitectónico de la propia fortificación del peñón. El enclave y su línea intangible ayudan, igualmente, a entender cómo la frontera se desmaterializa y expande más allá de su entorno específico, imponiendo desigualdad y control fuera de su supuesta circunscripción.

La noción del tocar se propone así, como una lente alternativa que nos permite enfocar el interés sobre el modelo colonial que representan las plazas de soberanía. El peñón de Vélez y sus demarcaciones inmateriales nos invitan también a examinar de vuelta las implicaciones del tocar y lo táctil desde distintas escalas y posiciones.

Llegué a este concepto a través de la lectura del texto de Jacques Derrida «Forma y sentido: una nota sobre la fenomenología del lenguaje» (1967) que, de hecho, años antes me había servido para construir el marco conceptual del programa de exposiciones titulado «La forma y el querer-decir»[64], que comisarié en el MUSAC de León entre 2012 y 2013. El texto, publicado el mismo año que algunos de los ensayos más reconocidos de Derrida, como *De la gramatología*, *La escritura y la diferencia* y *La voz y el fenómeno*, pertenece a una línea de trabajo dedicada al análisis crítico de la fenomenología, comprometida al mismo tiempo con la propuesta de una nueva concepción del mundo, la conciencia y el lenguaje.

Este ensayo, producto del clima cultural de la época, contribuyó a configurar un nuevo espacio de pensamiento destapando la relación jerárquica del habla sobre la escritura, típica del debate estructuralista, y sugiriendo la revisión de la idea de sujeto. Debido a la dificultad del texto, me dediqué a su lectura durante casi un año, visitándolo una y otra vez y enriqueciéndolo con otras referencias filosóficas y textos del autor, incluyendo una de sus publicaciones tardías titulada *El tocar, Jean-Luc Nancy* (2011). En este último libro, Derrida reconoce la relevancia de la noción del tocar en la obra de Nancy, a partir de la cual sitúa la fenomenología en un lugar central de su pensamiento. La lectura atenta de esta noción, el tocar de Nancy a través de Derrida —en el momento en que estaba empezando mi investigación—, me ayudó a elaborar una posición para el estudio de estos territorios ocultos. Algunas consideraciones teóricas de este término fueron cruciales para la configuración de esta posición, pero, además, resultó decisivo a la hora de idear una metodología una vez en Marruecos. El término disparaba numerosas interpelaciones frente al concepto de dispositivo y a la puesta en práctica de una imaginación curatorial sobre la que hacer posible el estudio *in situ*. Sobre todo, el tocar me retaba a idear la configuración de un espacio fuera del ámbito expositivo. Las posibilidades quedaban sujetas a las condiciones materiales, a lo que estaba disponible en ese momento durante mi residencia en Tetuán. Partir de esta noción también generaba muchas preguntas. ¿Podría el tocar suspender las reglas del dispositivo?, ¿qué tipo de experiencia y de conocimiento nos proporciona la tactilidad frente a la visión?, ¿fuera de la visión y sus opacidades, ¿cómo producir un tocar ante estos territorios coloniales?

Jean-Luc Nancy emplea el término francés *toucher*, que se asocia con el sustantivo tacto y el verbo tocar, más allá de la crítica de la fenomenología y aparece en varios libros como *Corpus* (1992), *El sentido del mundo* (1993) y *Ser singular plural* (2006). Mi interés por el término responde a dos comprensiones principales que extraigo de Nancy y Derrida. La primera tiene que ver con entender el tocar como una dinámica que produce una disposición relacional de elementos[65]. La segunda se refiere a su implicación en la producción de sentido. Comencemos por la idea del tocar como red u ordenamiento. En este sentido, el tocar para Nancy puede relacionarse en cierta medida con la noción de dispositivo que Deleuze plantea desde una concepción espacial, es decir, como las coordenadas de una cartografía, una red topográfica que dispone no solo conexiones sino también desconexiones. El tocar de Nancy en relación al dispositivo deleuziano sitúa virtualmente el tacto dentro de una red espacial definida y genera relaciones entre algunas cosas tanto como divisiones y separaciones entre otras. Jacques

Derrida nos introduce en esta connotación del tocar de Nancy cuando analiza las complejidades de la experiencia táctil centrándose en la propia interrupción de la misma a través de la síncopa[66], una forma compositiva musical que rompe con la regularidad del ritmo, una estrategia para complicar la fluidez de lo que se supone que está unido, en contacto. Una preocupación decisiva que, según explica Derrida, recorre toda la obra de Nancy[67]. Así, la síncopa, entendida como término general para designar una perturbación o interrupción del flujo regular o ritmo, es utilizado por Derrida como metáfora para destacar el modo en que Nancy reclama la producción de «una partición, un reparto a la vez que se da una compartición del espacio». Una suspensión que se produce justamente en el acto de tocar. Con esta afirmación, Derrida parece prestar atención al hecho de que «algo separa e interrumpe en el corazón del tacto y del contacto».

En una fase temprana de mi investigación sobre las plazas, esta aproximación al tocar iluminó conceptualmente estos territorios como posibles dispositivos del tocar, es decir, como aparatos espaciales, mecanismos virtuales que imponen un orden de contacto entre próximos y extraños, entre vecinos, amigos y enemigos, entre mercancías y procesos. Sin embargo, como afirma Nancy, este roce no implica necesariamente un contacto directo entre todos ellos, sino que apunta al control de la experiencia a través de la cual sujetos, objetos y procesos entran en contacto, produciendo división en algunos casos y unión en otros de manera constante. La atención que Derrida presta a la noción de síncopa en relación con el acto de tocar problematiza la proximidad no mediada que la tactilidad puede prometer en el contexto de la percepción, así como en la proyección de cualquier forma de estar juntos. Para Derrida la síncopa separa e interrumpe en el lugar mismo del contacto, es decir, «se produce en el mero acto de tocar», aunque opere como un «acto de separación y de reparto fuera del espacio». Donde suponemos un contacto podemos encontrar división y donde presuponemos la división también podemos descubrir el contacto. La segunda comprensión del tocar nos lleva de nuevo a pensar cómo se construye la idea de verdad, es decir, su influencia en la producción de sentido. Para Nancy, tocar es una operación relacional entre elementos, entidades y subjetividades, al tiempo que actúa como un proceso a partir del cual dar sentido al mundo. El concepto de sentido también aparece en varios de sus libros, por ejemplo, en *El sentido del mundo* y en *Corpus*, pero Derrida llama la atención sobre el doble significado de la palabra sentido (*sens* en francés), por un lado, como una experiencia producida en el sentir y por el otro, como una producción del razonamiento, del acto de significar. Parece que Nancy utiliza la noción de sentido en lugar de la de verdad para poner de relieve el proceso inacabado de producción de sentido a través de una relación continuada entre el cuerpo y los diferentes elementos del mundo. En otras palabras y de manera resumida, el filósofo intenta proyectar el análisis crítico de la percepción iniciado por la fenomenología con el fin de arrojar luz sobre los procesos de construcción de sentido a partir de la experiencia de percibir el mundo. Según Nancy, el tacto podría ser el acto a través del cual el sentido (como percepción) se encuentra con el sentido (como significado). Además, su interés por establecer una conexión entre sensación y significado (en vez de verdad) parece tener un eco aquí con la comprensión del dispositivo como una herramienta ideológica para producir significado, pero en la que, esta vez, la tactilidad aparece reforzada frente a la visión. Teniendo en cuenta esto, quizás podríamos imaginar que la forma de interrumpir la tendencia de control del poder está vinculada con la restauración del sentido como proceso compartido, es decir, con considerar el sentido como una práctica abierta que evite las preconcepciones consensuadas, que produzca un intercambio sin demarcaciones entre diferentes posiciones, entre distintos modos de comprensión. En consecuencia, esta connotación de la noción del tocar podría ofrecer la oportunidad de reflexionar sobre la potencia de producir un modo de significar otro, un modo de significar híbrido, capaz de generar nuevas ontologías mixtas, un cambio en el pensamiento y en la comprensión de la realidad que nos rodea desde una posición que es crítica incluso consigo misma, con la manera en la que se ha construido bajo condiciones ideológicas determinantes.

La posibilidad de una experiencia táctil abierta a la restauración de lo común como un proceso de producción de sentido trae consigo algunas preguntas ineludibles. Por ejemplo, ¿qué tipos de procesos están implicados en el acto de tocar?, ¿qué se une y qué se separa?, ¿qué sentidos (perceptivos y conceptuales) se promueven y cuáles se ocultan? Además, ¿es posible la producción común de sentido sin que se dé un restablecimiento de la disposición relacional en la que se inscribe el acto de tocar? Por último, ¿qué tipo de tocar es posible y qué otros tipos fueron descartados como mera posibilidad?

En los últimos años, desde la epistemología feminista, se ha pensado el tocar en términos no binarios proponiendo una nueva forma de entender el pensamiento y la pedagogía. Algunas autoras nos ayudan a comprender esta reivindicación que tiene que ver con la búsqueda de una forma de producir conocimiento lejos del paradigma de la visión. María Puig de la Bellacasa nos sitúa en el tocar como un universo sensorial previamente descartado, en el que la visión ha acaparado el control sobre la producción de conocimiento. Frente a esta tendencia solidificada, la autora propone el término *touching visions*, con la intención de generar crítica a la vez que nuevas perspectivas sobre el tocar. Su interés se dirige a promover un sentido de la responsabilidad ante las complejas mediaciones —y también trampas— que se generan alrededor del tacto y sus tecnologías. Puig de la Bellacasa alude al tacto para reclamar visión, una suerte de desvío sensorial con el que nos sugiere repensar la materialidad y la corporalidad y sus múltiples relaciones en busca de compromisos tangibles con la transformación del mundo[68]. Centra su atención en preguntarse cómo tocar, es decir, cómo generar una experiencia sensorial que no busque necesariamente construir verdad en su encuentro con el mundo, sino un sentir que se distancie de la visión para crear otras formas de relación con la materia. En definitiva, un tocar cuidado, que es también un proceso a través del cual el cuerpo aprende, cambia y se transforma. La autora conecta aquí su reflexión acerca del tocar con su interés por la noción del cuidado[69], que más tarde abordará en diversos ensayos en los que introduce la noción de asuntos de preocupación/cuidado *(matters of care)* frente a la noción de hechos *(matters of facts)* proveniente de la definición de la ciencia en conexión con la idea de hallazgo.

Bruno Latour introduce un tercer concepto, la idea de asuntos de interés *(matters of concern)*. Este cambio permite otras aproximaciones para pensar nuestra relación con el estudio y los objetos de estudio, pero también para reclamar la preocupación y la protección en el corazón de la ciencia: el laboratorio[70]. Frente a esto, Puig de la Bellacasa insiste en la idea de cuidado situándola en el marco científico, más concretamente, en el lugar donde sucede la experimentación y la producción del saber. Con este cambio del lenguaje, propone intervenir sobre las definiciones de los términos para cambiar lo que entendemos por conocimiento, por cómo se produce el conocimiento en la ciencia y también fuera de esta. Pensar el cuidado, los asuntos de preocupación en el contexto de la producción del saber científico nos lleva no solo a preguntarnos por nuestra propia posición en el proceso de investigación, sino también a reivindicar una responsabilidad sobre su devenir.

Puig de la Bellacasa plantea pensar el tocar no solo como una acción desde el cuerpo hacia el exterior, sino también a la inversa, una acción desde el exterior al interior, un ser tocado en el contacto. Una concepción que enfatiza una toma de consciencia en la proximidad, un tocar/ver con lentitud, cuidado y atención al detalle, aunque eso no proporcione necesariamente mayor eficacia en la producción de verdad. Puede ser incluso lo contrario, ya que, en una proximidad excesiva, la visión se emborrona y la realidad se distorsiona. Lo mismo con el tacto sin visión, la fricción produce un efecto inmediato de desorientación. Por ello, en vez de un conocimiento exacto, Puig de la Bellacasa propone un acercamiento especulativo en la experiencia háptica, una forma de reclamar lo descartado, una forma también de ser transformada por el contacto.

La idea de especular desde el tocar es algo que también enlaza con el pensamiento de Karen Barad y su aproximación al término desde una suerte de intraacción, una aproximación *queer* al tocar desde la esfera de la física cuántica. Barad muestra cómo la visión háptica de lo microscópico puede confundir porque, al fundir la separación entre partículas, rompe conceptualmente con las divisiones preestablecidas, proponiendo nuevas formas de indivisión y fusión propias de la realidad atómica. Se trataría de una concepción del tocar como un tocarse a sí mismo, pero no como una forma de reivindicar la individualidad aislada, sino todo lo contrario, como un encuentro con la alteridad infinita que conforma la propia identidad[71], cuestionándola. Barad, en línea con Derrida, plantea el tocarse a sí mismo como una forma de espectralizar cualquier experiencia de tocar al otro, ya que según lo expresa:

> [...] tocar al *otro* es tocar a todos los demás, incluido el *yo*, y tocar el *yo* implica tocar a los extraños en su interior. Incluso los trozos más pequeños de materia son una multitud insondable[72].

Una secuencia de la película *Donna Haraway: Story Telling for Earthly Survival*, de Fabrizio Terranova, nos ayuda a comprender la propuesta de Barad. En ella, vemos a Haraway sujetando en sus manos una cesta india navajo de mimbre. En ese tocar, Haraway reconstruye un largo proceso intricado en la sensación táctil que recibe su mano, su piel en contacto con la cesta. Un proceso que en sí mismo es un dispositivo relacional y que está inscrito en la construcción de la subjetividad blanca y su superioridad frente a las tierras ocupadas por comunidades autóctonas, entre ellos los indios navajos. Donna Haraway se pregunta:

> ¿Cómo es posible que una hija de conquistadores sea dueña de una cesta navajo? [...] No hay una manera de tocarla sin heredar todo esto. [...] La cesta es justamente la irrupción de una historia inseparable de desposeimiento, de dependencia subalterna del pueblo americano nativo[73].

Con sus palabras volvemos a preguntarnos por la posibilidad de un tocar sin tomar. Pero ¿cómo tomar conciencia de esa relación de poder inscrita como huella en el simple gesto de la mano blanca que sujeta la cesta india navajo?

Derrida, al abordar la estrategia de desvío, llama la atención sobre el proceso de reinserción de las partes o fragmentos separados que se producen dentro de la división implícita en el acto de tocar. Apunta sobre la importancia de las huellas, las marcas y los rastros que quedan dentro del desplazamiento generado por el tacto. Para Derrida, esta separación y reinstitución de lo común ante lo previamente dividido debe rastrearse siguiendo un desvío hacia los restos de otro modo de sentir. Derrida dice:

Nada, ninguna presencia alguna, sin desvío. Ninguna lógica del sentido, y ni siquiera una lógica del tacto, ni siquiera una háptica ultratáctil, cedería entonces, me parece, a una ontología de la presencia[74].

Eve Kosofsky Sedwick también reflexiona desde una perspectiva no binaria sobre el tocar y sus implicaciones políticas y sensoriales. A Sedwick le interesa reflexionar sobre la intimidad que subyace entre las texturas y las emociones[75] que surgen del contacto. Para ello, recurre a la preposición *beside* (junto a, al lado de, cerca de), para apuntar a la posibilidad de una coexistencia en el tocar, en el contacto con las texturas. «La posibilidad de un estar cerca de o al lado de, comprende una amplia gama de deseos, identificaciones, representaciones, repulsiones, paralelismos, diferenciaciones, rivalidades, inclinaciones, giros, imitaciones, retiradas, atracciones, agresiones, deformaciones y otras relaciones».

Sedwick ofrece una escena táctil para acercarnos a su interés por la relación entre el tocar y el afecto. Para ello se centra en la cualidad de la textura como un aspecto de la materia que obliga a convocar al sentido del tacto en la visión y de este modo revelar las crisis y fisuras de significado en la concepción moderna del conocimiento. La autora sugiere aproximarnos a la textura a través de los distintos sentidos, a través de las distintas escalas. Para ello, toma como referencia la textura de una superficie y su capacidad de generar deseo y afecto. A modo de ejemplo, introduce la práctica escultórica de la artista Judit Scott, en concreto, la imagen que acompaña la portada de su libro *Touching Feeling. Affect, Pedagody, Performativity*. En la imagen, la artista aparece junto a una de sus esculturas de fibra. La rodea con sus brazos desnudos y su cara se funde con los contornos del objeto en un gesto de unión que provoca una sensación háptica. Con ella, Sedwick enfatiza su idea de que una intimidad particular subsiste entre las texturas y las emociones, que el afecto está imbricado en todo proceso cognitivo. La imagen produce movimiento y sensación de textura en la mirada que proyectamos. A través de su proximidad, el sentido de la vista se disuelve en favor del sentido del tacto. Para la autora, no hay una sola manera de entender la *cercanía* de estas dos formas —la escultura y el cuerpo de Scott—, aunque una de ellas haya sido creada por la otra. Las fibras, el material de la escultura, su textura, tienen un valor particular respecto a lo relacional y la ontología, aunque este opere a un nivel inconsciente.

La máquina fronteriza

Pensar las plazas de soberanía desde la perspectiva de la noción del tocar de Nancy y Derrida, en relación al control migratorio, refuerza su función como un dispositivo propio de la máquina fronteriza. Este enfoque está vinculado con el modo en que Alessandro Petti se refiere a la frontera no como una línea, sino como un espacio con profundidad[76]. Petti introduce estas consideraciones a través de distintas experiencias vividas con su familia palestina al cruzar la frontera entre Jordania y Palestina-Israel en diferentes períodos de su vida. La narración de algunos incidentes nos ayuda a imaginar el paso a través de las distintas partes conectadas y desconectadas de una maquinaria bien definida y diseñada para controlar, interrumpir o detener el tránsito de los y las ciudadanas palestinas por territorio israelí. Las vivencias de Petti nos ayudan a comprender el control de la migración más allá del marco arquitectónico de las fronteras y a ampliar la idea preconcebida de considerarlas exclusivamente como líneas de demarcación entre países. Este reconocimiento puede entenderse una vez más en correspondencia con el trabajo de John Pickles, Sebastián Cobarrubias y Maribel Casas dedicado al estudio del control de las fronteras en África por parte de los órganos internacionales, que sigue un enfoque que ya no se basa únicamente en el modelo de fronteras, sino en el seguimiento de las rutas migratorias en el continente africano a través de una cartografía transnacional que incluye los países de salida, tránsito y llegada.

La topografía del entorno del peñón de Vélez de la Gomera lo deja claro también. La frontera no opera a través de un dispositivo arquitectónico específico. En dicho contexto, el rasgo más destacado es, de hecho, la inexistencia de una división clara, lo que deja tras de sí una línea invisible esbozada por nuestra imaginación en la superficie de la arena húmeda que supuestamente conecta Marruecos con España. Esta invisibilidad confirma el funcionamiento de la frontera como una máquina que opera incluso desde la virtualidad. Como Petti sugiere, «desgarrando todo lo que la cruza en elementos separados y clasificables, solo para volver a unirlos de una manera u otra cuando la atraviesan».

La ocupación del peñón de Vélez, como se ha apuntado anteriormente, trajo consigo un conflicto en la región, porque el enfrentamiento se produjo no solo entre los que querían recuperar el territorio y los que querían defender su ocupación, sino también dentro de cada comunidad. En las plazas, en primer lugar, entre los colonos militares y los prisioneros, cuando, en los momentos de crisis y enfermedad, estos últimos preferían «pasar al otro lado». En segundo lugar, dentro de la comunidad amazigh, cuando no había acuerdo entre quienes accedían a hacer negocios con las fuerzas de ocupación españolas y quienes lo rechazaban por completo. Estos ejemplos dan cuenta de un conjunto de separaciones y divisiones internas en cada uno de los dos lados de la frontera, y que parecen estar activas desde que el peñón de Vélez es ocupado y se vuelve inaccesible.

Sin embargo, hay que señalar que todo esto no hace que la línea invisible no esté operativa. De hecho, en determinadas ocasiones se vuelve altamente performativa produciendo efectos más allá del territorio contiguo a su demarcación. Uno de estos efectos, por ejemplo, tiene que ver con el incidente mencionado anteriormente, cuando en agosto de 2012 un grupo de activistas marroquíes del Comité para la Liberación de Ceuta y Melilla cruzaron la línea invisible de la lengua de arena de Vélez e izaron la bandera marroquí junto al peñón[77], cuya primera consecuencia fue la inmediata visibilidad que los medios de comunicación españoles dieron repentinamente a este territorio. Como he apuntado antes, este incidente fue precedido por otro en el mismo mes de agosto de 2012: un grupo de migrantes subsaharianos atravesó la corta extensión de agua entre Marruecos y la isla de Tierra, del archipiélago de Alhucemas[78]. Menciono ahora estos dos momentos en concreto porque causaron un efecto de cierta performatividad en mí. Por un lado, consiguieron despertar mi interés por el estudio de las plazas y su ambiguo poder de control (un estudio que implicaba también pensar sus propias condiciones de producción, es decir, que demandaba atención, lentitud y cambio). Por el otro, provocaron en mí, incluso, un desplazamiento físico, llevándome, en compañía de artistas, a ese mismo lugar, cerca de donde se traza la línea invisible, la frontera imaginaria, donde aquellos incidentes habían tenido lugar.

Las consecuencias de dichos efectos constatan que la frontera invisible trazada en el tramo arenoso entre Vélez y Marruecos funciona activamente, lo que demuestra que la máquina fronteriza se activa incluso más allá de su entorno inmediato, creando por extensión una «zona de contacto» más amplia y activando las dinámicas del tocar que formula Nancy en las que la partición, la interrupción y la separación interactúan desde un constante estar en contacto. Una influencia que se expande más allá del propio lugar señalado.

Mary Louise Pratt amplía el término de las zonas de contacto más allá de las líneas de demarcación de una zona fronteriza, refiriéndose a esos «espacios sociales en los que las culturas se encuentran, chocan y luchan entre sí, a menudo en contextos de relaciones de poder asimétricas como las provocadas por el colonialismo, la esclavitud o sus secuelas, tal y como se viven hoy en día en muchas partes del mundo»[79]. En concreto, la autora considera que este término es portador de una gran potencialidad cuando propone considerar un aula, un curso, un espacio de aprendizaje como una zona de contacto en la que se puede experimentar una nueva pedagogía. Afirma:

> Buscamos las artes pedagógicas de la zona de contacto. Estas incluirán, estamos seguros, ejercicios de narración y de identificación con las ideas, los intereses, historias y actitudes de otros/as; experimentos de transculturación y trabajo en colaboración, así como en las artes de la crítica, la parodia

y la comparación (incluyendo comparaciones indecorosas entre formas culturales de élite y vernáculas), la redención de lo oral, maneras de que la gente se comprometa con los aspectos suprimidos de la historia (incluyendo sus propias historias), formas de entrar y salir de la retórica de la autenticidad; reglas básicas para la comunicación a través de líneas de diferencia y jerarquías que vayan más allá de la cortesía y mantengan el respeto mutuo; un enfoque sistemático del importantísimo concepto de la mediación cultural[80].

El contacto en lo curatorial

Decidí abordar las plazas desde la noción del tocar porque, además de la fuente teórica que me ofrecía para analizar estos territorios como dispositivos fronterizos, también me abría nuevas formas de pensar lo curatorial. En este sentido, el tocar en relación a la práctica curatorial apunta, por un lado, al espacio que surge al estar en contacto con otras materialidades, procesos y subjetividades y, por otro, a las formas posibles que emergen de ese tiempo compartido en el que también se producen divisiones y desuniones. En otras palabras, momentos en que se hacen evidentes las diferencias que existen previamente al encuentro. Nora Sternfeld, en su ensayo *Belonging to the Contact Zone*, amplía la perspectiva de Pratt sobre el concepto de zona de contacto poniéndola en relación con la lectura que James Clifford hace del mismo término. Pratt y Clifford —explica Sternfeld— lo describen como un espacio en el que diversas posiciones sociales y culturales deben coexistir de forma más o menos conflictiva, es decir, en el que distintas posiciones entran en negociación[81]. En consecuencia, el término también promueve nuevas formas de entender lo colectivo, la comunidad. A Sternfeld le interesa la manera en la que Clifford propone pensar el museo como una zona de contacto[82], un espacio donde los conflictos se convierten en sedimentos. En este sentido, el museo es concebido como una estructura orgánica en la que diferentes conflictos sociales se reflejan como procesos continuos de lucha por el poder de interpretación. Las zonas de contacto, aclara Sternfeld, son espacios de agencia cargados de poder.

Esta idea nos remite a la forma en que Mary Louise Pratt utiliza la expresión «casas seguras», *safe houses*, en referencia a la potencialidad de configurar «espacios sociales e intelectuales donde los grupos pueden constituirse como comunidades horizontales, homogéneas y soberanas con un alto grado de confianza, de entendimiento compartido y de protección temporal frente a los legados de opresión»[83].

Compartir una actividad como la lectura en un espacio y en un tiempo asignado puede crear esas casas seguras dentro de las zonas de contacto de las que habla Pratt. Un grupo de lectura, por ejemplo, puede, como sugiere la autora, ayudar a crear una comunidad temporal de lectores, capaz de acercar las divisiones que operan entre unos y otros. Un grupo de personas puede ensayar y producir sentido como una operación asociativa libre. Leer junto a otros puede incluso activarse como una propuesta curatorial, poniendo en contacto teoría y práctica, textos propios y ajenos. De esta manera, la práctica y la experiencia devienen artefacto textual donde producir encuentro. El texto, en su lectura colectiva, se transforma en un espacio por construir. Los fragmentos que aporta cada participante son susceptibles de ser compuestos por yuxtaposición, como parte de un collage polifónico, un ensamblaje colectivo de fragmentos.

Un grupo de lectura también ofrece una estrategia de montaje que, aunque en menor escala, recuerda a la lógica de articulación y ensambladura establecida por el régimen espacial de la exposición. La forma precaria, esquemática, del grupo de lectura prescinde del coste constructivo y logístico de la instalación expositiva, pero produce relación entre fuentes, elementos y prácticas. La lectura a varias voces ofrece, casi sin recursos, un espacio donde construir encadenamientos de imagen y texto. Facilita la disposición de un espacio imaginario donde exponer posibilidades y desde el que reflexionar sobre el mecanismo expositivo sin materializarlo constructivamente. Ofrece un tiempo desde donde también puede surgir una diferencia perceptiva, en este caso bajo los efectos que produce el estar cerca de otras personas, entre distintas realidades textuales y procesos artísticos, bajo las condiciones que se ofrecen en el habitar juntos. Un espacio de contacto.

Esto podría llevarnos a concebir lo curatorial como un instrumento de suspensión de las reglas expositivas en las que la visión se erige como el sentido regulador de la experiencia artística. Una interrupción e incluso un desvío[84], una suspensión a partir de la cual instituir otros procesos de producción de sentido fuera del régimen visual para alcanzar un tocar a partir del cual quedemos también tocados, como sugiere Puig de la Bellacasa. En otras palabras, un tocar que propicie un sentir abierto, la alteridad infinita que señala Karen Barad. Un tocar que no busque apropiación o conocimiento, sino que nos acerque al entendimiento de la coexistencia que nos construye, que construye también la experiencia estética.

Ser piedra

Me reuní con Younes Rahmoun en Dar Ben Jelloun el 2 de junio para preparar juntos su sesión de lectura. Unos días antes de mi llegada, le había enviado por *mail* el capítulo «El tocar» del libro *El sentido del mundo,* de Jean-Luc Nancy. Mi propuesta consistía en leer con el grupo el texto de Nancy acompañado de una selección de sus obras. Me confesó que aún no lo había leído, por eso le resumí las ideas que consideré en ese momento más relevantes del texto. Después, comenzó a introducir varias de sus obras a través de documentación que había traído en su portátil para hacer juntos la selección. Durante la reunión, nos dimos cuenta de las muchas conexiones entre su obra y el texto de Nancy. En concreto, el capítulo gira en torno a una cita que extrae de Martin Heidegger dedicada a una piedra y su relación con el mundo a través del acto de tocar. Nancy dedica su esfuerzo a deshacer las implicaciones ideológicas que descansan en la cosmología de Heidegger y que quedan capturadas en la cita.

No sabía hasta ese momento que Rahmoun había utilizado piedras en muchas de sus obras. Gracias a ellas, el artista altera su entorno inmediato a partir de acciones indiscernibles que no pretenden alcanzar ninguna finalidad instrumental. Tras este encuentro, discutimos el escenario de la lectura y finalmente decidimos hacerla en la antigua casa de su familia, situada en el barrio de Ybel Dersa, que permanecía en ese momento vacía a la espera de ser vendida. Esta decisión la tomamos en relación a una obra *(Ghorfa)* que el artista había propuesto compartir durante la lectura.

El día de la sesión, llegué a la casa de Younes antes que el resto del grupo. Desde una ventana pude ver el antiguo cuartel militar español en ruinas. Younes me explicó que su abuelo emigró del Rif a Tetuán para trabajar como soldado marroquí en las llamadas Fuerzas Regulares Indígenas Españolas y por eso su familia acabó viviendo en ese barrio. Después de preparar el espacio, encontramos algo de tiempo para pasear por los alrededores del edificio militar abandonado. Sin embargo, volvimos rápidamente a la casa porque el grupo estaba a punto de llegar.

No había mobiliario, así que nos sentamos en el suelo. Cuando por fin todos se sintieron cómodos, les hicimos saber que la sesión iba a empezar con la presentación de Younes, pero que también íbamos a generar interrupciones con referencias al texto de Nancy. La intención era leer algunos trabajos del artista junto al texto y dejar que la obra se entrelazara con la lectura. También explicamos que la presentación sería en francés, pero que se podría intervenir en otros idiomas, español, *dariya* o inglés.

La primera obra que finalmente se presentó al grupo la tarde del 10 de junio de 2015 fue su proyecto en curso *Ghorfa*, una producción aún inacabada que el artista ha desarrollado a partir de varios formatos: cine, dibujo, escultura, arquitectura e instalación. De hecho, la sesión comenzó con la proyección de una película en una de las paredes desnudas de la sala de estar: el vídeo titulado *Ahad* (que en árabe significa tanto domingo como único), del poeta y músico francés Eymeric Bernard. Se grabó un domingo de 2003 y muestra al artista dentro del reducido espacio de su estudio, que él llama g*horfa*, dibujando, escribiendo, leyendo, tocando música, no haciendo nada. La *ghorfa* de Rahmoun ocupa el hueco vacío debajo de la escalera de la casa de sus padres y da nombre a su proyecto artístico. «En 1998 —explicó al grupo—, cuando todavía estaba en la Facultad de Bellas Artes, éramos demasiados en casa y realmente sentía la necesidad de encontrar un espacio para trabajar. Un día, mi madre vació el hueco para limpiarlo y pintarlo de blanco. Cuando estuvo terminado, le pregunté si podría usarlo». El nombre proviene de una habitación que existe en las casas tradicionales, normalmente situada en la azotea, fuera del espacio doméstico del interior. La *ghorfa* rifeña suele ser un espacio de descanso y reflexión, fuera del ámbito más doméstico, que antiguamente los varones de la familia (hombres, niños y jóvenes) ocupaban para estar fuera de la zona de las mujeres, que, de hecho, comprendía todo el interior de la casa. La película, que evidencia las dimensiones extremadamente reducidas de la *ghorfa* de la casa de los padres de Younes en Ybel Dersa, también funciona como retrato de un joven estudiante de Bellas Artes de Tetuán que comienza a desarrollar su práctica artística identificando lo que realmente resulta necesario dentro de las condiciones dadas. El artista explica que la luz en el reducido estudio era artificial «porque la única fuente de luz natural venía a través de un pequeño agujero en la pared que comunicaba con el exterior y que funcionaba también como respiradero».

La obra producida en este espacio durante este primer periodo del artista fue principalmente en dibujo, un medio que le permitía proyectar el espacio sobre la página en blanco como una forma de trascender los límites circunscritos de la habitación. Uno de estos dibujos muestra el interior del habitáculo, sus proporciones, su volumen, su forma y su organización. Este boceto parece un manual para traducir el espacio real de la *ghorfa* en nuevos escenarios. De hecho, más adelante el volumen y las dimensiones del mismo le servirían de plantilla para una serie de construcciones creadas ex profeso que ha expuesto en diferentes bienales, eventos internacionales y diversos contextos artísticos, como en Singapur, París, el Rif, Ámsterdam, Camerún, Burdeos y Shenzhen, hasta la fecha de nuestro encuentro en la casa de sus padres.

Cada reconstrucción es fiel a la forma, proporciones y posición original, pero varía en los materiales de construcción, que se adaptan a las condiciones vernáculas de cada lugar. Por ejemplo, en el Rif, la *Ghorfa* se construyó con los materiales normalmente utilizados en viviendas tradicionales: piedra, arcilla y paja. Cada reconfiguración implica una negociación con la institución que invita al artista a desarrollar la obra como una intervención *site specific*, pero también un contacto directo con los y las habitantes (o usuarios) del lugar elegido, como en los manglares de Camerún, donde ha surgido una ciudad para los inmigrantes sin papeles que viven temporalmente en la zona de la pesca y el contrabando. En la versión que construyó en el Centro de Arte de Douala con motivo de la Trienal de Arte Público de Camerún (2010) se utilizaron materiales locales, después fue transportada a los manglares para ser ofrecida a quien la necesitara como refugio.

Las negociaciones que se establecen cuando una institución o una bienal invitan al artista a continuar con el proyecto de la *Ghorfa* parecen ser de otra escala y dependientes de cada circunstancia concreta. El complejo sistema de relaciones que se activa cada vez que se construye una nueva versión contiene un impulso mediador que se trasluce en toda su obra.

La relación entre un elemento y otro, entre un lugar y otro, entre sujetos y objetos reaparece como el motor que mantiene encendido el desarrollo de su práctica artística. Younes explicó este *modus operandi* durante su presentación en Ybel Dersa a través de la documentación de diversas acciones realizadas con piedras. Por ejemplo, la llevada a cabo en 2010 entre las montañas del Rif y el monte Qasioun en Damasco, que consistía en coger algunos guijarros del estuario del río de Beni Boufrah y trasladarlos a una obra de construcción en Damasco, donde los engulliría un montón de grava que esperaba para ser mezclaba. De ese mismo lugar, el artista acabó llevando de vuelta a Beni Boufrah algunos fragmentos de teja para ser más tarde utilizados en otras construcciones locales[85]. Obras como esta, que comprenden alteraciones imperceptibles en el paisaje, introducen un complejo conjunto de relaciones. Una obra más temprana, de 1996, ejemplifica más claramente los contactos que emergen. Rahmoun, siendo todavía estudiante, pasó un verano en Beni Boufrah, donde finalizó un proyecto para la universidad. El trabajo consistía en pintar una serie de piedras que en ese contexto rural se usan habitualmente con una función específica. Se emplean pedruscos del río, de tamaño razonable, para sujetar la paja encima de los pajares para que el montón no se desmorone. Atadas con una cuerda, las piedras evitan que el viento disperse la paja. El artista quiso darles un nuevo valor pintándolas con la misma cal que se utiliza en las fachadas de las casas locales, un color que no es blanco puro y que se parece al color de la paja. Las negociaciones para llevar a cabo este proyecto se iniciaron dentro de la propia familia del artista, que, a pesar de no entender su propuesta, le permitió pintar las piedras de sus pajares. Al terminar, el artista se dirigió al propietario de la tienda de la esquina, quien le había pedido pintar el rótulo de su negocio. Cuando el dueño de la tienda le preguntó cuánto le debía, Younes le respondió que lo único que quería era que le permitiera pintar las piedras de sus pajares. El dueño, como sus padres, también lo consideró inútil, pero accedió a la petición. Más tarde, como explicó el artista, «fue un poco más fácil con el resto. Me dirigí a los jóvenes para pedirles permiso y, aunque nadie entendía la utilidad de mi proyecto, me permitían continuar». Ese verano acabó pintando 1.433 piedras.

Mary Louise Pratt utiliza la noción «comunidades de habla» para referirse a las potencialidades que imagina dentro de las «zonas de contacto». Con este término, la autora llama la atención sobre el hecho de que una comunidad siempre es una entidad hablante, pero su dinámica lingüística suele estar homogeneizada y, en consecuencia, encapsulada en una única proyección imaginaria de lo que representa un grupo[86]. En contraposición a esto, Pratt reivindica otro ámbito:

> Ahora uno podría ciertamente imaginar una teoría que asumiera cosas diferentes, que argumentara, por ejemplo, que la situación (de habla) más reveladora para entender el lenguaje fuera el de implicar a aquellas personas que hablasen dos lenguas y entendiesen una tercera, y que solo tuvieran una lengua en común con los demás. Depende del funcionamiento del lenguaje qué se quiera ver o qué se quiera ver primero, de lo que se decida definir como normativo[87].

Durante la sesión, el inglés era un idioma incómodo para la mayoría de los participantes, por lo que la conversación saltaba de idioma en idioma, empleando cada cual el que más a gusto manejara. Comenzamos con esta cita de Martin Heidegger:

> La piedra es sin mundo. La piedra se encuentra, por ejemplo, sobre el camino. Nosotros decimos: la piedra ejerce una presión sobre el suelo. Y con ello «toca» la tierra. Pero lo que allí llamamos *tocar* no es de ninguna manera *tantear*. No es *la* relación que mantiene una lagartija con una piedra cuando se recuesta sobre ella bajo el sol. Y ese contacto de la piedra y del sol no es el tacto que experimentamos cuando nuestra mano reposa sobre la cabeza de un ser humano. [...] La tierra no está dada, ni encuentra apoyo para la piedra ni en tanto lo que la sostiene, a la piedra. [...] La piedra, en su ser piedra, no tiene absolutamente ningún acceso a alguna otra cosa entre las cuales se presente con vistas de alcanzar y de poseer esta otra cosa en cuanto tal[88].

La grabación en audio de la sesión me ayuda a acercarme de nuevo a la conversación de aquella tarde...

Tras la lectura, señalo que el fragmento de Heidegger no se limita a introducir el capítulo de Nancy, sino que se convierte en el argumento central que le otorga estructura. «Se mantiene la intención de deconstruir su planteamiento», añade alguien al fondo. Comenzamos nuestra conversación discutiendo el orden jerárquico que Heidegger introduce en el texto entre el sol, nosotros (los seres humanos), el lagarto, la piedra y la tierra. «Parece que el texto de Nancy trata de dar cierta agencia a la piedra para introducir una concepción del tocar alternativa a la que propone Heidegger», sugiero. Después de este comentario, Younes continúa con su exposición hasta que es interrumpido. Se aporta una posible entrada al texto volviendo a la película *Ahad* y señalando la presencia dominante de las manos en la imagen. Proponemos ver las manos como guías en el espacio limitado de la *ghorfa*, pasando de un objeto a otro, de una actividad a otra, de dibujar a meditar, de tocar música a simplemente descansar. Las manos parecen ser las ejecutoras del montaje visual de la película. ¿Podríamos pensar en las manos y en su acto de tocar como una suerte de montaje? Y en referencia al texto, ¿podríamos interpretar el tacto como un proceso relacional entre los elementos introducidos por Heidegger (sol-nosotros-lagarto-piedra-tierra)? O mejor aún, ¿podríamos entender el tacto como una estrategia para deshacer un montaje previamente establecido?

Bérénice propone volver a leer juntos el texto y reflexionar sobre estas cuestiones a través de un enfoque colectivo. Al tratarse de un texto breve, merece la pena volver a leerlo en voz alta. Ella misma se brinda. Cuando termina, alguien propone fijarnos en las primeras líneas después de la cita de Heidegger. Nancy dice:

¿Por qué, entonces, el «acceso» estaría determinado *a priori* bajo el modo de la identificación y de la apropiación de la «otra cosa»? Cuando toco otra cosa, otra piel, y este contacto o este tacto está en juego, y no un uso instrumental, ¿se trata de identificar y de apropiar? ¿Al menos se trata en primer lugar y exclusivamente de ello? O incluso ¿por qué habría que determinar a priori el «acceso a» como la modalidad necesaria de un hacer-mundo y de un ser-en-el-mundo? ¿Por qué el mundo no estaría también a priori en el ser-entre, en el ser-en-medio y en el ser-contra? ¿En el alejamiento y en el contacto sin «acceso»?[89]

Discutimos sobre cómo este párrafo contiene el movimiento que Nancy propone en el texto, especialmente en el empleo de la palabra acceso como una forma de resaltar la comprensión del tacto en relación a la predisposición a una adquisición de un uso instrumental. Sugiero entonces a Younes que comparta con el grupo su proyecto en el Rif con las piedras y los fardos de paja. Acepta la sugerencia y a lo largo de su presentación, el grupo disfruta escuchando sus relatos sobre sus proyectos artísticos en esa región. Todos nos reímos cuando nos cuenta las reacciones ante la inutilidad de sus acciones en el contexto de Beni Boufrah, donde todo parece estar hecho con una finalidad práctica. Sus intervenciones artísticas suscitan numerosas preguntas por parte de los habitantes de la zona: ¿por qué pintar las piedras?, ¿para retratarlas?, ¿para hacer una fotografía aérea?, ¿para hacerse con el control de los fardos después de pintarlos?, ¿para evitar a los pájaros?, ¿tiene que ver con la magia?, ¿por qué no pintar, en cambio, las fachadas y hacer una fotografía de eso?

Nouha vuelve al texto de Nancy y a la forma en que introduce la idea de «don» o «don puro», donde aclara a qué se refiere exactamente con esta palabra cuando dice:

«don sin deseo que encarar, sin deseo por percibir ni por ser recibido en cuanto don...». «Quizás podríamos entender la intervención de Younes —dice— como un don puro, aunque no se articule necesariamente así». A continuación, el debate se centra en mirar también a la *Ghorfa* dentro de la economía del don. Habla de nuevo Younes: «La *Ghorfa* se ofrece a cualquiera para que la viva como quiera. Por ejemplo, en el Rif la puerta permanece abierta y algunos pastores entran y dejan sus cosas, algunas madres van con sus hijos a pasar la tarde, otros se suben a la parte superior y se quedan allí». Mariam pregunta: «¿Qué pasó después con las piedras de los fardos?». «Al año siguiente algunas personas vinieron a preguntarme si podía pintar sus piedras de nuevo. Para mi sorpresa, otros empezaron a pintar las piedras de sus propios fardos. En ese momento, me di cuenta de que mi intervención había terminado».

A partir de aquí, la conversación se centra en cuestiones relacionadas con la apropiación, el acceso y la posesión, pero también sobre el impacto contextual y un mundo posible sin todas estas limitaciones. También se discute si Nancy ofrece en su texto alternativas más allá del paradigma de la instrumentalización. Nuestra conversación termina en ese punto e inmediatamente después visitamos la *ghorfa* de debajo de la escalera.

Dibujos

Después de la visita a Badis, Younes decide contribuir con dos dibujos como un modo de acercarse artísticamente a las condiciones actuales del enclave del peñón de Vélez de la Gomera. Sus dibujos son más bien un borrador o esquema ejecutado con austeridad en su cuaderno de notas. Las líneas de tinta negra esbozadas en la página vinculan dos espacios diferentes: la *Ghorfa* y Badis. En la parte superior del dibujo, una forma ovalada irregular trazada con una línea negra gruesa representa a Badis. Algunas palabras árabe e inglés la acompañan: حدود مغلقة / *Closed borders* y ملك عام خاص / *Public property private*. En la parte inferior, la misma forma aparece esbozada con una línea de puntos interrumpiendo la continuidad del trazo junto a una serie de flechas señalando su interior. Este conjunto representa la *Ghorfa*. Se lee: حدود مفتوحة / *Open borders* y ملك خاص عام / *Private property public*. Ambos espacios están representados con iguales dimensiones, la diferencia entre ellos radica en su accesibilidad: uno se presenta como una forma cerrada; el otro, abierta. El dibujo fue realizado el 23 de septiembre de 2015 y se presentó por primera vez en la exposición colectiva titulada *Les Propriétés du Sol* en Khiasma (París), de octubre a diciembre de ese año.

A modo de documentación sobre la visita y la sesión de lectura posterior, Younes adjuntó también otros dos dibujos. Uno de ellos era del 3 de octubre de 2005. Muestra la *gorfba* original en la casa de Ybel Dersa y tiene la apariencia de un manual para permitir nuevas reconstrucciones. Las formas de varias secciones van acompañadas de algunas notas escritas en árabe y francés. En la parte inferior, podemos ver una vista tridimensional del espacio dibujada en tinta roja, que nos da a conocer varios detalles, como las piezas de mobiliario utilizadas en el espacio. En la parte superior izquierda se incluye el pequeño agujero de la habitación para la entrada de aire. Este dibujo funciona como un modelo para la reproducción de las múltiples versiones que se han ido construyendo a lo largo de los años.

El último dibujo a lápiz que completa la aportación de Younes. Se titula *Badiya-Madina* y fue realizado el 20 de febrero de 2012. Muestra dos círculos formados por múltiples puntos. El de la parte superior es de mayor dimensión en comparación con el de la parte inferior y contiene una gran cantidad de pequeños puntos negros. Algunos de los cuales han sido pintados con colores rojo y verde. El pequeño círculo de abajo también contiene puntos negros y algunos rojos y verdes. Unas palabras en árabe y francés dan contexto al dibujo: *direction cite* y *direction champagne*. Una flecha curva conecta ambos círculos y apunta en una doble dirección hacia la ciudad (el círculo grande) y el campo (el más pequeño). Este dibujo representa para el artista el movimiento entre dos realidades y dos comunidades, la urbana y la rural. Los puntos negros son los miembros estables en ambas comunidades, aquellos que no se mueven. Los puntos verdes y rojos son los que están en movimiento constante, generando un impacto sobre el contexto y provocando también trasformaciones y modificaciones. Todos los dibujos proponen el contacto como una posibilidad de alterar el contexto.

3

ISLAS ALHUCEMAS: AMISTAD

Miércoles, 3 de junio de 2015

Naziha viene a recogerme a Dar Ben Jelloun a la una. Tenemos que visitar varios lugares para decidir el emplazamiento de la tercera sesión de lectura con Heidi Vogels. El primer lugar que visitamos es la Escuela Museo de Artes y Oficios de Tetuán. Nos damos cuenta de que su jardín podría ser una muy buena opción ya que el proyecto que presentará la artista es *Gardens of Fez*, una película en proceso de filmación sobre la situación actual de desaparición de los jardines públicos de Fez. Tomo algunas fotografías del jardín de la Escuela Dar Sanaa y de algunos de sus talleres artesanales. La organización del espacio de cada taller es bastante peculiar. Todos ellos están dominados por una mesa y una silla situada en una de las esquinas de cada estancia. Una escenografía que define una relación espacial entre maestro y aprendiz. Sin embargo, el taller de bordado está organizado de una forma diferente: las mujeres se sientan próximas entre sí en un semicírculo organizado a partir de un par de bancos dispuestos en la esquina derecha del fondo. Mientras que a los hombres no les importa ser retratados, las mujeres me piden que evite fotografiar sus rostros.

Después de recorrer todos los talleres, excepto el dedicado a la elaboración de azulejos de estilo andalusí, que hemos encontrado cerrado, pasamos un rato en el jardín disfrutando de todos sus detalles. A continuación, entramos a uno de los salones principales de la escuela y museo que, de hecho, conecta directamente con el jardín a través de una gran puerta. Este salón sería perfecto en caso de que Heidi quisiera proyectar algunas imágenes o secuencias de su proyecto. Antes de abandonar el edificio, decidimos visitar la sala de exposiciones, donde se puede encontrar una introducción a la historia de la producción artística y artesanal de la región. Naziha llama mi atención sobre una de las imágenes expuestas: una fotografía del jardín Feddan diseñado por el pintor español Mariano Bertuchi, quien asumiría también la dirección de la Escuela de Artes y Oficios en 1930 tras ser nombrado en 1928 inspector jefe de los servicios de Bellas Artes del Protectorado.

Naziha me cuenta que hace quince años, Mohamed VI ordenó su demolición por razones de seguridad, ya que la familia real se aloja en el palacio contiguo varias veces al año. La imagen le trae recuerdos del desaparecido jardín, de los ancianos que jugaban al ajedrez en las mesas exteriores y de los grupos de hombres y también mujeres que se sentaban en los bancos y sillas de los cafés situados alrededor para tomar té o café. Hoy en día, el Feddan ha sido sustituido por una gran explanada que permanece vallada, así que no se puede cruzar por ningún punto. Como algunos de los antiguos cafés del lado izquierdo siguen abiertos, decidimos ir a tomar juntas un té allí. Naziha me cuenta que los ancianos hacen bromas sobre la nueva *plaza*. Algunos dicen: «Nos han construido una gran mesa al revés». Su forma circular les recuerda a un gran tablero de mesa y las cuatro grandes torres que la delimitan a sus patas. Según Naziha, este lugar no parece Tetuán, los motivos decorativos contemporáneos podrían ser de cualquier otra ciudad árabe, de Egipto, Túnez... El rey está reconstruyendo el Feddan en otro lugar en la ciudad, porque la gente no lo olvida y sigue hablando de él.

Más tarde, ya en casa, en Dar Ben Jelloun, se me ocurre que la *plaza* del palacio ofrece un interesante cruce con las plazas de soberanía. En el centro de Tetuán, justo antes de la entrada a la medina y al comienzo del ensanche, se encuentra esta enorme explanada que permanece vacía e inaccesible. En ese lado se agolpan muchos puestos de venta ambulante, ropa, utensilios domésticos, gafas de sol, chilabas... La oferta cambia con las estaciones. Este corredor abarrotado contrasta con el gran espacio vacío adyacente.

Podríamos referirnos al antiguo Feddan como un jardín ideado para el uso improvisado de los habitantes de Tetuán, aunque el contexto de su edificación pertenece, sin embargo, a una historia de amistad contradictoria, inscrita en la idea de progreso bajo la administración colonial. De hecho, el Palacio Real se ubica en el mismo lugar donde se encontraba la Alta Comisaría de España, la sede colonial en Marruecos. Siguiendo el trazo de esta historia contradictoria, al adentrarnos en el ensanche nos encontramos con otra plaza que conmemora una figura colonial, la del dictador español Primo de Rivera. Los habitantes de Tetuán se refieren a ella como la plaza Primo.

Antes de ir a tomar el té en los cafés que bordean la *plaza* del palacio, visitamos el llamado Jardín de los Enamorados, que discurre paralelo a las murallas de la antigua medina y a una ruidosa carretera. Es agradable y muy concurrido. En un viaje anterior, en el mes de abril, quedé asombrada por la cantidad de familias y jóvenes que invadían el parque el viernes por la tarde. La sesión con Heidi también será un viernes por la tarde, por lo que este lugar no es una buena ubicación para la lectura; el ruido de los coches y el gentío no nos permitirían concentrarnos en el texto y la presentación del trabajo. La mejor opción, por ahora, a falta del Feddan, es el jardín de la Escuela de Artes y Oficios.

Domingo, 14 de junio de 2015

Estamos en Beni Boufrah, en Al Hoceïma. Nada más llegar, la familia de Younes nos deja a Heidi y a mí un par de chilabas para descansar más cómodamente en la casa. Nos hacemos una foto con la indumentaria prestada.

Lunes, 15 de junio de 2015

Tras visitar el peñón de Vélez de la Gomera por la mañana, llegamos en coche a una de las playas de Al Hoceïma. Aparcamos en el descampado contiguo y, al bajar, nos inunda el relajado ambiente de lo que parece un destino vacacional idílico. Sin embargo, la estampa mediterránea se ve interrumpida por una tienda militar marroquí, que domina la entrada a la playa y custodia la zona desde el aparcamiento. El paisaje no difiere del de las playas al otro lado del Estrecho: hay quien camina descalzo por la orilla, otros juegan con una pelota, nadan o toman té en el chiringuito. El lugar no está lleno por no ser todavía temporada alta, además, el Ramadán está a punto de comenzar. Younes, su tío Mohamed y yo pedimos un descafeinado y nos sentamos en la terraza del bar sobre la arena. Empezamos a soñar juntos sobre la organización de un proyecto internacional sobre las plazas de Beni Boufrah. Mohamed trabaja para el Ayuntamiento y quiere repetir la experiencia de intercambio artístico con el MACBA, pero quizás, la próxima vez, enfocado en los islotes. Le intriga mi interés por estos territorios. Resulta raro que alguien pregunte por ellos ni siquiera en la zona. También menciona la importancia de que el debate sobre las plazas se inscriba en el contexto local. Mientras charlamos, Heidi ha colocado la cámara fotográfica justo al borde de la orilla. Es evidente que está fotografiando la roca de Alhucemas, sin embargo, nadie la increpa. El ambiente permanece inmutable, aunque algunos jóvenes de los que juegan junto a ella podrían ser cadetes. Permanecemos en el lugar durante un rato, aproximadamente una hora y media. En este tiempo, no ocurre nada relevante, la gente disfruta de la playa sin prestar atención a nuestra presencia. Entonces empezamos a preguntarnos cuándo deberíamos irnos. A Heidi le gustaría quedarse más, no es suficiente para ella. Entiendo su queja, precisamente teniendo en cuenta su forma prolongada de trabajar con un lugar —en ese momento llevaba trabajando en la película de Fez al menos cuatro años—. Le resulta problemático empezar a filmar o fotografiar nada más llegar al lugar. Este problema lo hemos discutido desde el principio, por eso hemos decidido no limitar su contribución a la visita de la playa, sino a todo el viaje. La noción que enmarca su aportación —la amistad— le permite encontrar una delimitación más extensa. El término nos ofrece otra temporalidad que abarca las condiciones afectivas que nos permiten estar juntos en ese lugar concreto. En ese momento, el sol comienza a bajar y decidimos irnos. Queremos visitar la *Ghorfa* de Beni Boufrah y debemos hacerlo antes de la puesta de sol. Heidi está de acuerdo y nos vamos.

Las cabilas

La dificultad de no poder encontrar una fuente de referencia que abarcara la historia de las plazas en su conjunto me llevó a ser consciente de la necesidad de estudiar acontecimientos específicos que ayudaran a situar contextos concretos frente a dicha geografía abstracta. La historiografía de las plazas parecía presentarse como una colección de registros y momentos aislados, una suerte de archipiélago de antecedentes aparentemente desconectados entre sí. Sin embargo, más tarde me di cuenta de que las plazas cubren los momentos más relevantes de la presencia colonial española en el norte de Marruecos. De hecho, ofrecen una interesante entrada para desvelar diferentes pasajes históricos cruciales que ayudan a entender la ocupación española en la zona, así como a reconocer una serie de acontecimientos que sucedieron en España durante el mismo periodo. Podemos incluso afirmar que algunos incidentes de la España moderna deben leerse en correspondencia con ciertos episodios ocurridos en la región del Rif y, en concreto, en relación a la región de Al Hoceïma.

Según algunas fuentes, la bahía de Alhucemas había funcionado a lo largo de los siglos como un escenario recurrente en el que las gentes de las cabilas[90] cercanas y los españoles entraban en contacto de manera constante, una relación en continuo desarrollo que solo se interrumpía ocasionalmente debido a incidentes menores provocados por los opositores a la presencia de extranjeros o por la actividad pirata en la zona[91]. Sin embargo, en el último cuarto del siglo XIX, la intervención europea se hizo más evidente —según relata María Rosa de Madariaga— a través de las «exigencias al sultán para que introdujera una serie de reformas que iban dirigidas a abrir Marruecos al comercio internacional y la libre circulación de mercancías». Este nuevo contexto tuvo consecuencias directas que se hicieron visibles a través de la presencia de numerosos comerciantes extranjeros en la región, que obtuvieron diversos tipos de beneficios y exenciones fiscales, provocando un aumento considerable de impuestos en las cabilas y el consiguiente malestar. Además, la instalación de varias empresas mineras españolas y francesas tras la *entente cordiale* anglo-francesa de 1904[92] inquietó aún más a quienes se oponían a la presencia extranjera.

El contacto de siglos entre los habitantes de las cabilas y las tropas militares españolas estacionadas en el peñón de Alhucemas adquiere relevancia a la hora de entender los antecedentes que preceden al contexto histórico en el que se inscribe la figura anticolonial de Abd el-Krim. Este personaje, en cierta medida olvidado u ocultado a través de las capas temporales de la historia, desempeñó un papel clave en los primeros tiempos de la penetración colonial española en la región norte de Marruecos, liderando las revueltas contra el poder colonial que concluyeron con la declaración de la República del Rif tras la derrota de los españoles en Annual (1921), conocida como el Desastre de Annual. El movimiento de liberación de Abd el-Krim se considera un claro precursor de los movimientos anticoloniales que surgieron tras la Segunda Guerra Mundial[93]. Sin embargo, la convicción anticolonial de Abd el-Krim experimentó una evolución incómoda para ambos frentes, algo que de nuevo parece estar enmarcado en las dinámicas de un constante contacto *amistoso* con los españoles en los primeros años de su vida y, más concretamente, por el hecho de haber nacido en 1882 en la localidad de Axdir, en la cabila de Beni Urriaguel, que está situada justo enfrente de la roca de Alhucemas. Su familia pertenecía a la élite intelectual de la región, ya que su padre era *faqīh* (alfaquí), jurista islámico y, por tanto, alguien bien posicionado en la comunidad.

En el agitado contexto de los primeros años del siglo XX y tras el acuerdo anglo-francés para establecer la influencia comercial europea en la zona, el padre de Abd el-Krim el Jatabi creía que España podría desempeñar un papel importante para la modernización de Marruecos y, según algunos autores, comenzó a colaborar con España a partir de 1902[94]. Abd el-Krim padre, como muchos otros habitantes de las cabilas cercanas a los enclaves españoles, mantenía buenas relaciones con las autoridades militares de Alhucemas, también con algunos civiles y comerciantes vinculados al enclave, y como consecuencia de este intercambio y continua cercanía acabó entablando una larga amistad con las autoridades españolas. Su hijo aceptó incluso un cargo público en Melilla, después de realizar sus estudios en la Universidad de Qarawiyyin, en Fez, donde trabajó como profesor en una escuela recién inaugurada para los hijos de las familias marroquíes establecidas en Melilla. Además de su puesto de profesor, publicaba regularmente artículos en el periódico *El Telegrama del Rif* en los que proclamaba —cuenta De Madariaga— «las bondades de la ayuda europea, más concretamente de España, como forma de aumentar el nivel económico y cultural de la población marroquí y de sacar a Marruecos del subdesarrollo en el que estaba sumido». Como funcionario, asumió funciones de intérprete e informador para el mantenimiento de las buenas relaciones de «amistad y vecindad» entre las cabilas limítrofes y la zona del Protectorado Español.

Paralelamente, tanto el hijo como el padre emprendieron otras acciones relacionadas con la aceptación y el progreso de la penetración española en la región, algo que no recibió la aprobación de muchos de sus paisanos, que se sentían cada vez más oprimidos por la injerencia extranjera. Algunas de estas acciones estuvieron por ejemplo relacionadas con el desembarco de Alhucemas de 1911, con el que se pretendía neutralizar a las cabilas que se oponían a la presencia colonial y evitar al mismo tiempo que otras se unieran a su resistencia. Sin embargo, este proyecto colaboracionista fracasó y Abd el-Krim padre experimentó —continúa De Madariaga— «una feroz oposición por parte de la población de la región, dejándole en una situación de completa indefensión obligándole incluso a refugiarse en la Roca de Alhucemas durante algún tiempo». Después de este episodio, Abd el-Krim padre permanecería escondido durante un tiempo en Tetuán, periodo en el que siguió colaborando con las autoridades españolas para la organización de un nuevo desembarco en Alhucemas en 1913. Este intento también fracasó y lo dejó a él y a su familia en un estado de total abandono. En este momento, comenzó a distanciarse de los colaboradores (escribió incluso algunas proclamas en las que animaba a las cabilas contiguas a resistirse a la ocupación española). Cuando esta información llegó a las autoridades españolas, el padre se excusó aduciendo que en realidad trataba de recuperar el apoyo del pueblo. Sin embargo, el distanciamiento entre ambas partes siguió creciendo, aun después de que el padre regresara a Axdir y siguiera trabajando para los españoles con la misión de crear en Beni Urriaguel un partido proespañol para evitar que la cabila se uniera a otras que se oponían al avance de las tropas. La ruptura final se produjo en 1916, después de que el fracaso de un nuevo desembarco en Alhucemas dejara a la familia nuevamente desprotegida.

En ese momento, la situación en el norte era bastante convulsa. La Primera Guerra Mundial repercutió en la zona debido al descontento de Alemania con los acuerdos anglo-franceses. Según De Madariaga, «siendo consciente del papel relevante del islam en el imperio colonial francés del norte de África, Alemania trató de involucrar a los musulmanes a través del apoyo de Turquía en una estrategia contra Francia». En las cabilas del Rif fronterizas con el Protectorado Español, el movimiento antifrancés aumentó rápidamente. Por parte de España, la zona bajo su protección seguía sin estar controlada y su «misión civilizadora» sin cumplirse. Los gastos militares eran, de hecho, una carga para el erario público. Finalmente, en 1920, cuando los dos hijos de Abd el-Krim regresaron a Axdir desde Madrid y Melilla, declararon la interrupción de su colaboración con las tropas españolas y se unieron a la resistencia. Según la misma autora, uno de los episodios de la guerra del Rif que ha dejado una profunda huella en la memoria colectiva española fue la matanza de soldados y ciudadanos en Zeluán (en la provincia de Nador) y en Monte Arruit. La prensa española culpó a las tropas rifeñas de Abd el-Krim hijo, tratando de persuadir a la opinión pública, aunque en realidad fueron perpetradas por las tropas de las cabilas del este[95].

Esta estrategia de criminalizar la figura de Abd el-Krim por parte de la prensa española podría tener que ver con la oposición, ante el apoyo de algunos sectores, al establecimiento de la República del Rif después del Desastre de Annual e incluso al rechazo de continuar con la guerra en Marruecos. Incidentes como estos aceleraron el golpe de Estado de Primo de Rivera y la dictadura española de 1923-1930. El 8 de septiembre de 1925, el desembarco de Alhucemas fue finalmente comandado por el ya proclamado dictador y apoyado por fuerzas francesas. Esta operación militar supuso el empleo masivo de la fuerza aérea con el desembarco de ciento treinta y seis aviones, dieciocho hidroaviones y seis bombarderos. A partir de ese momento, la región del Rif se utilizó como laboratorio para ensayar los más novedosos desarrollos en guerra química[96]. Según algunos autores, años después, el Rif se convirtió durante la Guerra Civil española en fuente de reclutamiento de combatientes para apoyar el golpe militar[97]. Siguiendo los argumentos de De Madariaga, esta nueva situación debe leerse en el contexto de las pobres y miserables condiciones en las que quedó el Rif tras las guerras coloniales, agravadas por las malas cosechas de los últimos años. Fueron las propias autoridades marroquíes las que reclutaron a los temerosos soldados de las cabilas para enviarlos a España, a pesar de que se les prometió que se quedarían en Marruecos[98]. Al principio el reclutamiento no encontró, por ese motivo, ninguna resistencia; eso cambió cuando se supo que iban a ser llevados a España, incluso algunas tropas de regulares se resistieron. A pesar de todo, la cifra estimada de regulares enviados a España fue de 80.000 soldados, de los cuales 9.000 procedían de la zona francesa y de Ifni.

Este triste episodio de la historia colonial ha dejado un profundo trauma para muchos españoles y marroquíes y ha provocado importantes efectos que han afectado directamente a la relación entre ambas sociedades. Uno de ellos tiene que ver con la apropiación del concepto de amistad, que a lo largo de la historia de la ocupación española en Marruecos ha sido empleado dentro del marco de una batalla ideológica. Esta estrategia de tomar el control de lo que es y no es la amistad en este contexto ha contribuido a perpetuar el estado de poder colonial más allá del marco histórico del Protectorado. De Madariaga atribuye la responsabilidad del olvido de Abd el-Krim en la memoria colectiva española a una doble consideración que surge en el contexto de la Guerra Civil. La autora señala una dicotomía entre el llamado «moro amigo» («moro bueno» para el frente franquista) y el «moro cruel» («moro salvaje» para los republicanos), asociando ambas connotaciones a «los miles de combatientes marroquíes que participaron en las filas franquistas en la Guerra Civil». Esta oposición entre amigo y enemigo, que en realidad era un reflejo de la división entre el bando franquista y el bando republicano, y que hundía sus raíces en los numerosos conflictos acontecidos a lo largo de la ocupación española en Marruecos, que se hicieron más evidentes en la guerra del Rif, impidió que alianzas previas siguieran activas durante la Guerra Civil. Alianzas que podrían haber sido alentadas por el apoyo anterior a Abd el-Krim y a la libre instauración de la República del Rif que provenía de ciertas facciones políticas liberales españolas antes de la dictadura de Primo de Rivera. Como señala De Madariaga, «después de todo, los autores del golpe de Estado español de julio de 1936 pertenecían a la estirpe afromilitarista que recibía su ascendiente e influencia de la derrota de Abd el-Krim».

Más allá de esta estrecha articulación, amigo/enemigo, bueno/malo, el término amistad también nos ayuda a ampliar el foco sobre el impacto de Abd el-Krim en la proyección de un internacionalismo anticolonial en la década de 1920, mucho antes de los procesos de descolonización tras la Segunda Guerra Mundial. Thomas K. Linder en *Tricontinentalism Before the Cold War? Mexico City's Anti-Imperialist Internationalism* examina una serie de interacciones transnacionales para reconstruir una red de solidaridad y pensamiento tricontinental[99] que emergía como una semilla para un cambio de relación y cooperación entre América Latina, África y Asia hacia una autodeterminación frente a Occidente. Linder sitúa la lente en Ciudad de México para pensar cómo se va articulando este entrelazamiento transcontinental, un contexto en el que, tras la revolución mexicana, el antiimperialismo se convierte en un lenguaje común que conecta reivindicaciones locales, nacionales y continentales hasta convertirlas en un problema global.

En línea con esta toma de conciencia de la existencia de un imperio, figuras como Manabendra Nath Roy o Abd el-Krim toman protagonismo y, con ellas, también los movimientos de liberación anticolonial que lideran. En concreto, la guerra del Rif incide en la construcción de un pensamiento antiimperialista que incluye también la cuestión de la raza y el papel de las comunidades autóctonas en la oposición colonial. Estas ideas se propagarán en diversos medios escritos en América Latina, como en la revista mexicana *El Libertador*, y a través de todos ellos se difundirán hasta llegar a impactar en medios occidentales, como la revista *Life*, que incluirá una imagen de Abd el-Krim en la portada del número de agosto de 1925, convirtiéndolo así en la cara visible del anticolonialismo global.

Un concepto filosófico

La amistad es un prisma con infinidad de caras, pero es sobre todo una experiencia, una práctica afectiva, un proceso abierto, un soporte colectivo, una forma de solidaridad. Su fuerza es impredecible, por eso a veces se instrumentaliza y emplea como una herramienta para preservar el poder o como una acusación para deshacer su oposición. La amistad es algo intangible, difícil de delimitar, efímero y vulnerable, perecedero o, por el contrario, algo que no se agota jamás. Es una moneda de cambio o una fuerza incorruptible. Algo cotidiano, inesperado y transformador. Pragmático o incómodo, programado o inevitable, contractual y revolucionario. La amistad une y separa, excluye a la vez que conforma espacios de alianza. Es, ante todo, y sobre todo, una forma de coexistencia absolutamente necesaria.

La amistad se ha empleado, desde la teoría política, para reflexionar sobre la noción de democracia. En la confrontación de ambos términos —amistad y democracia— surgen varios puntos de tensión y paralelismos entre ellos. Una tensión obvia que tiene que ver, por un lado, con el principio de igualdad que define la democracia y, por el otro, con la condición de parcialidad que caracteriza a la amistad. La democracia considera a los ciudadanos por igual y, por tanto, les atribuye los mismos derechos y deberes ante la ley. Por el contrario, la amistad no opera a partir de condiciones universales, sino que sus lógicas se producen a través de la particularidad de cada individuo y situación. La tensión también llega a través de la idea de justicia. En *Ética a Nicómaco*, Aristóteles afirma que la justicia y la amistad están estrechamente vinculadas ya que «la amistad está implícita en toda relación social»[100]. La justicia también puede interpretarse como un fallo de la amistad, es decir, cuando los ciudadanos no son capaces de resolver sus problemas por medios amistosos, apelan a la justicia para solventarlos. La relación entre democracia y amistad sostiene, además, una correspondencia vital que está en la base de la vida social. Entendemos la amistad como algo esencial para buscar la felicidad del individuo y, si tenemos en cuenta que este aparece siempre inmerso dentro de la colectividad, la amistad es la dinámica que conecta al individuo con la sociedad al ofrecerle una relación estable con el contexto social al que pertenece. Por lo tanto, si la amistad es indispensable para la configuración de las estructuras sociales, la democracia necesita de la amistad para construir una buena vida en común entre los ciudadanos. Estas tensiones e interconexiones entre democracia y amistad nos ayudan a entender por qué esta ha sido estudiada como un concepto crucial desde los orígenes de la filosofía occidental. Aristóteles le dedicó los libros VIII y IX de su *Ética nicomáquea* y ha servido de referencia a otros filósofos para actualizar el concepto respecto a los debates teóricos más actuales. Autores y autoras como Michel de Montaigne, Giorgio Agamben, Maurice Blanchot, Jacques Derrida, Ernesto Laclau, Chantal Mouffe o Leela Gandhi se han referido a la amistad en distintos momentos de la historia del pensamiento y han compartido reflexiones sobre el término.

Intentemos girar el prisma multifacético para comprender sus diferentes acepciones y su influencia en construir un espacio relacional y un hacer compartido. Podemos comenzar con la aproximación de Giorgio Agamben, ya que utilizamos su contribución en el grupo de lectura con Heidi Vogels en Dar Sanaa. El filósofo italiano dedicó en 2004 un seminario a la amistad —que más tarde publicó en la revista *Contretemps*—, donde se centra en analizar su relación con la propia definición de la filosofía. De hecho, Agamben comienza su ensayo afirmando que sin amistad la filosofía no sería en absoluto posible. Argumenta esta dependencia de la siguiente manera:

> La intimidad entre la amistad y la filosofía es tan profunda que esta última incluye el *phílos*, el amigo, en su propio nombre y, como muchas veces sucede con las proximidades excesivas, corre el riesgo de no poder explicarse. En el mundo clásico, esta promiscuidad y casi consustancialidad del amigo y del filósofo era evidente, de modo que solo con una intención por así decir arcaizante —en el momento de plantear la pregunta extrema: ¿Qué es la filosofía?— pudo llevar a un filósofo contemporáneo a escribir que esta era una cuestión a tratar *entre amis*[101].

En su ensayo, dedica el esfuerzo de actualizar la relevancia del término en la filosofía contemporánea, especialmente tras un intercambio de cartas con su amigo Jean-Luc Nancy sobre la intención de trabajar juntos este tema. Además, la publicación de Jacques Derrida *Políticas de la amistad* parece marcar un precedente para Agamben. En ese libro, el filósofo francés recoge reflexiones sobre la misma noción, que desarrolló también a través de un seminario que tuvo lugar entre 1988 y 1989 en París. El libro de Derrida se completa con varios pasajes escritos en respuesta a la pérdida de algunos de sus amigos filósofos —entre ellos, Paul de Man— a través de los cuales trata directamente conceptos como la herencia, la interpretación y la responsabilidad para abordar el concepto de democracia que, en su opinión, solamente es posible como algo por venir, como un devenir continuo. Para Derrida, la amistad siempre implica una dimensión política, ya que cree que «no hay democracia sin comunidad de amigos»[102]. Agamben también se interesa por la dimensión política de la amistad y se remite, asimismo, a los libros de Aristóteles para reflexionar sobre la política del consenso a la que las democracias actuales confían sus destinos. Algunas de estas reflexiones apuntan al hecho de que el amigo es el otro de uno mismo, su *alter ego:* «El amigo no es otro yo, sino una alteridad inmanente en la mismidad, un devenir otro de lo mismo». Además, llama la atención sobre el hecho de que la percepción de nuestra propia existencia, de los demás y del mundo esté permanentemente repartida. Esto significa que, de alguna manera, la percepción siempre queda incompleta y dividida. En este sentido, la amistad marca y da cuenta de esa división y de la necesidad de afrontar y participar en las experiencias para completar la forma de percibir nuestro entorno cercano e incluso a nosotros mismos. Aquí radica, para el filósofo italiano, la dimensión de la amistad, en el modo en que el sujeto se enfrenta constantemente a las experiencias vividas por el amigo para llegar a la percepción de sí mismo, de los demás y del mundo. Esto sucede cuando existe una vida en común, cuando se comparten experiencias, pensamientos y conversaciones.

En relación con esta confrontación entre amigos, Mouffe propone un modelo «agonístico» de democracia en su libro *En torno a lo político.* En esta contribución dedica el esfuerzo a analizar el modelo social occidental de hoy en día que se enmarca dentro de una visión pospolítica que proyecta un mundo libre donde supuestamente ya no existen enemigos. En su opinión, esto se debe a que el modelo democrático ha basado su funcionamiento en el establecimiento de un consenso. Sin embargo, señala que la vida política siempre ha estado enraizada en el conflicto entre diferentes, un antagonismo que no puede ser erradicado. A este respecto, para Mouffe el consenso nunca se ejecuta sin emplear la exclusión. Para superar este modelo antagónico de democracia basado en la confrontación entre amigo y enemigo propone un nuevo modelo. Mouffe plantea «el modelo adversario como constitutivo de la democracia porque permite que la política democrática transforme el antagonismo en agonismo»[103]. La autora introduce al adversario como cierta síntesis entre el amigo y el enemigo, algo así como un enemigo amistoso en cuanto que comparte un terreno ético y político común, pero que difiere en la forma en interpretar y poner en práctica la política. Así, concibe el modelo agonístico de la democracia como un conflicto permanente entre diversas interpretaciones de una serie de principios comunes. En sus propias palabras, como un «consenso conflictivo que ejecuta el acuerdo en los principios, pero el desacuerdo en sus interpretaciones». Por lo tanto, Mouffe pone el énfasis en el papel integrador que desempeña el conflicto en la democracia moderna. La amistad para ella es el campo de batalla de la política por excelencia. Pero, si es así, ¿cuál es el espacio común de los amigos?

El filósofo brasileño Peter Pál Pelbart, en su libro *Filosofía de la deserción: Nihilismo, locura y comunidad*, advierte sobre cómo lo común se ha convertido paulatinamente en la base de la producción económica. Por ello, Pál Pelbart afirma que «este común es el lugar al que se dirigen todas las capturas y confiscaciones que salen del capitalismo»[104]. En el capítulo «La comunidad de los sin comunidad» recopila una serie de propuestas sobre las nociones de lo común y la comunidad con el fin de averiguar la manera de escapar de tal confiscación. Textos como *La comunidad inoperante*, de Jean-Luc Nancy; *La comunidad que viene*, de Giorgio Agamben; *La comunidad inconfesable*, de Maurice Blanchot, y la noción de «comunidad negativa» de George Bataille ayudan a Pál Pelbert a formular la idea de la «comunidad de los que están solos». Una propuesta que busca la forma de luchar contra la recuperación de lo común por parte del capitalismo tardío. La «comunidad de los que están solos» se basa en la noción de Agamben de la «singularidad cualsea»[105] que permanece distanciada y diversa. Su intención se dirige a la búsqueda de una nueva comunidad allí donde la comunidad no se creía que existiera y de poner en cuestión la comunidad donde se creía que existía. En definitiva, pretende promover la necesidad de desear nuevas comunidades emergentes, nuevas formas de lo común que puedan surgir de los contextos más inesperados.

Por último, y siguiendo esta misma línea de pensamiento, Leela Gandhi considera la amistad como «el tropo perdido en el pensamiento anticolonial»[106]. La autora se remonta a la relación entre amistad y política en el pensamiento occidental, de nuevo a través de Aristóteles, donde se presta una «atención especial a las obligaciones éticas de la *philia* y la política», es decir, donde se juega por así decirlo con las obligaciones políticas de la ciudadanía. Gandhi se refiere a la idea de amistad de Aristóteles para revelar en ella un cierto vínculo homofilio con los conciudadanos. En oposición a esto, su afirmación intenta buscar otras connotaciones al término que puedan extraerse del pensamiento no occidental y de las experiencias anticoloniales, otro modelo de amistad que sea capaz de proceder más allá de un «horizonte de reconocimiento». Sugiere que necesitamos también otro modelo de lo político, un modelo contingente y nómada que ofrezca una comunidad anticomunitaria. Dentro de este nuevo modelo, plantea: «¿qué podría ser, entonces, esa amistad?».

En línea con la pregunta de Gandhi y con su interés por pensar la amistad desde nuevas perspectivas, la artista Céline Condorelli dedica una atención prolongada a la noción de amistad, que despliega en distintos contextos públicos y medios escritos y en correspondencia con otros autores, como el filósofo Johan Frederik Hartle y la socióloga y escritora Avery F. Gordon. Condorelli siente algo necesario aterrizar el término en la esfera del arte e incluso generar una toma de conciencia feminista frente a su tratamiento en la filosofía occidental. Para ello, se centra en concebir la amistad como una condición del trabajo artístico y de manera más específica, como parte intrínseca de su investigación en torno a la idea de estructuras de apoyo *(support structures)*. La amistad es así una condición operativa e incluso formativa que incide en la producción autoorganizada a través de múltiples y simultáneos niveles[107].

Comienza su reflexión con la observación de que no muchas mujeres filósofas han trabajado el término y baraja la posibilidad de que haya un sometimiento patriarcal en sus acepciones filosóficas. En diálogo con Hartle, apunta al tratamiento de este concepto en el pensamiento de la antigua Grecia, donde las mujeres y los esclavos quedaban excluidos, ya que la primera condición para la amistad en dicho contexto era la igualdad. Las mujeres y los esclavos, al no ser ciudadanos ni poseer los mismos derechos que los hombres libres, quedaban así fuera del espacio democrático. Este argumento lo justifican a través del trabajo de Hannah Arendt, en diálogo con su amiga Mary McCarthy, donde se preguntan por la amistad de aquellos que han sido excluidos, es decir, por la necesidad de involucrarnos con una nueva definición del término[108]. Hartle añade una aclaración sobre la aproximación de Arendt, ya que esta no utiliza en su escritura el concepto de amistad, sino el concepto de cultura, entendida como la compañía que una decide mantener tanto en el presente como en el pasado[109], una compañía que se conserva y que no necesariamente

—aclara Hartle— representa la exclusividad de un grupo de amigos, sino más bien una suerte de humanismo. Tanto Condorelli como Hartle buscan una conexión entre la amistad y la construcción de lo común. Pero ¿cómo ejercitar la amistad más allá de la utilidad y el beneficio del poder?

Condorelli parte de la idea de que la amistad se basa en una práctica electiva por afinidad[110], y continúa intercambiando impresiones con Avery F. Gordon, centrándose concretamente en leer el término en correspondencia a cómo ambas trabajan en el arte y en la escritura, respectivamente, muchas veces en compañía de amigas. Tratan de delimitar juntas el espacio de intimidad que construye la amistad en el trabajo y más allá de este. A ambas les interesa salir de la lógica utilitarista del término y para ello comparten ejemplos de amistad entre los excluidos de las amistades del poder[111], es decir, fuera de las esferas de influencia, y que configuran en cierta medida una resiliencia cooperativa, una solidaridad que conforma una serie de políticas utópicas. Experiencias y prácticas de amistad más allá del poder que, en definitiva, proponen en distintos contextos históricos concepciones alternativas para el trabajo, la producción y la vida en común, modelos eficaces de resistencia a un sistema. La amistad en este sentido —proponen— puede designar un «estar junto a alguien» a la hora de compartir una causa común. Pero ¿qué implica trabajar desde la amistad? Gordon se pregunta cuándo la amistad es también capitalizada y apunta a la posibilidad de un trabajo no productivista e, incluso, a la urgencia de hacer causa común de la proximidad que genera la amistad, no solo entre los sujetos, sino también con aquello que es objeto de estudio. Propone una forma de entender el estudio contraria a la idea de relacionarlo con un conocimiento objetivo sino, más bien, como un estudio influenciado por el pensamiento feminista o los estudios de la cultura negra, que retan la idea cerrada de lo que se supone que es conocimiento.

La amistad en el Estrecho

La noción de la amistad ofrece una entrada particular a la actual gestión del control del flujo migratorio que sale de África hacia Europa. Para ello, quiero remitirme a una experiencia personal de amistad que se generó en el contexto del grupo de estudio «Península: Procesos coloniales y prácticas artísticas y curatoriales»[112], fundado en 2012 y acogido por el Museo Nacional Centro de Arte Reina Sofía, de Madrid, del cual formé parte junto a varios compañeros y compañeras dentro de la línea de investigación denominada «Colonialismo interno»[113]. Dicha línea se centraba, entre otras cuestiones, en la reproducción de las jerarquías sociales dentro del control de las fronteras y las políticas de gestión migratoria de España. El geógrafo Sebastián Cobarrubias y la antropóloga Maribel Casas, participantes del grupo, llamaron la atención, en el marco de esta colaboración, sobre el proceso de externalización de las fronteras para comprender las transformaciones sociales que se están dando en el presente y que se ven directamente influenciadas por el problema de la migración. El proceso de externalización de la frontera divisoria entre Europa y África establece procesos de partición y coalición que están activos más allá de las fronteras materiales que operan como demarcaciones territoriales. El trabajo de Casas, Cobarrubias y Pickles mencionado previamente se centra en la forma en que las fronteras en África se inscriben dentro de los intereses de los responsables de la política exterior de la UE en controlar el flujo de personas procedentes del llamado sur global. Los proyectos migratorios europeos como la Política Europea de Vecindad (PEV) y el Enfoque Global de la Migración (GAM), influyentes grupos de reflexión sobre la migración, como el Centro Internacional para el Desarrollo de Política Migratorias (ICMPD) y organismos semiindependientes de carácter policial y militar, como FRONTEX, se presentan en sus investigaciones como actores clave en el control migratorio. Sin embargo, este control no se ejerce exclusivamente en las zonas fronterizas sino también a lo largo del flujo migratorio, incluso en los distintos lugares de partida fuera de Europa, es decir, a través de las rutas seguidas por las comunidades migrantes dentro de África, lo cual establece una zona de poder cambiante y un nuevo conjunto de relaciones y colaboraciones entre los países de salida, tránsito y llegada. El papel que desempeña la noción de amistad en el fenómeno de la externalización de fronteras en la Unión Europea, y en particular en el caso de España, conecta con las continuidades que están implícitas en la gestión migratoria actual. En otras palabras, parece que las alianzas del pasado colonial europeo en África siguen vigentes hoy en día en el contexto del control del flujo migratorio. Estas alianzas de poder no reflejan las relaciones entre los ciudadanos y las comunidades. Por el contrario, estos siguen separados y divididos por las fronteras culturales, sociales y físicas que existen frente a ellos y que, en gran medida, son producto de los complejos sistemas de estigmatización social que operan de manera constante en la esfera pública de nuestros entornos más cercanos. En el contexto de la colaboración transfronteriza y su progresiva externalización, la noción de amistad queda cooptada en beneficio de las estructuras de poder que controlan el flujo migratorio. Por ello, Casas, Cobarrubias y Pickels proponen considerar la frontera como «una amalgama de políticas de los Estados miembros e iniciativas de la UE»[114] que conforman «nuevas formas de cooperación económica e integración entre países y especialmente entre terceros países y la UE». Aparte de esto, los autores llaman la atención sobre una de las consecuencias de este nuevo concepto de frontera: una mayor vigilancia y reafirmación de lo que está *dentro* y lo que está *fuera*.

En este punto, debemos volver a la cuestión de la amistad en su relación con la democracia. La reivindicación de Leela Gandhi de la búsqueda de un nuevo modelo político que no reproduzca las dinámicas de reconocimiento entre los que son iguales (en términos de nacionalidad, raza y clase) adquiere urgencia en el contexto de la actual gestión de la migración. En este marco, la demanda de Gandhi puede traducirse en la necesidad de un nuevo pensamiento fronterizo que deje de criminalizar a los diferentes. Del mismo modo que Agamben reivindica al amigo para completar el curso de la percepción, el pensamiento de Gandhi propone la diferencia para redefinir conceptos como amistad, justicia, ciudadanía y democracia.

La amistad en lo curatorial

Desde hace algún tiempo, el concepto de amistad ha desempeñado un papel importante en mi desarrollo profesional como comisaria tanto en el ámbito de la producción independiente como en el institucional[115]. Mi interés por el término se centra en sus implicaciones políticas a la hora de proyectar la configuración de distintos modelos de colectividad. En mi caso, lo he entendido desde su vinculación con dinámicas de producción de conocimiento y trabajo que, de hecho, operan en relación a un contexto afectivo en el que se inscribe toda práctica artística y curatorial. En este sentido, la amistad implica una economía afectiva que ayuda a sostener una práctica al mismo tiempo que crea un espacio compartido desde donde proponer nuevas formas de llevar a cabo el trabajo. Sin embargo, como ya he mencionado, el concepto de amistad dentro de la esfera política también puede percibirse como algo dudoso y generador de promiscuidad, de endogamia e, incluso, en última instancia, de corrupción e injerencias. Esto se produce cuando la amistad se vincula a la producción de beneficios y, por tanto, arroja sospechas sobre su empleo en asuntos públicos. Esta connotación negativa del término fue la que se empleó a la hora de atacar mi programa curatorial durante mi paso por la Sala Rekalde de Bilbao (2006-2010). La acusación de haber trabajado con mis amigos me animó a comprometerme con el término de una manera prolongada. ¿Qué implica el trabajo con amigas? ¿Qué tipo de modelos aporta? ¿Es posible la configuración de nuevos espacios de enunciación desde la amistad?

La amistad no solo se ha vuelto un objeto de interés o preocupación personal, sino también una parte intrínseca de la práctica, de tal forma que sin amistad no hay cabida para esta. Una amistad, sin embargo, entendida no como una forma de reconocimiento con el igual sino, como sugiere Gandhi, como una suerte de desplazamiento del lugar que una ocupa, una forma de movimiento en lo que todo pierde su lugar para generar posibilidad entre las posiciones. Un trabajo a partir del cual, como apunta Avery F. Gordon en consonancia con la idea de interdisciplinariedad de Roland Barthes, surge un nuevo objeto, un nuevo espacio que no pertenece a nadie[116]. Este tipo de desplazamiento fue una de las dinámicas que ayudaron a configurar Bulegoa z/b como organiza-

ción artística en los primeros años de su andadura. La oficina de arte y conocimiento que iniciamos mis compañeras
Beatriz Cavia, Isabel de Naverán, Miren Jaio y yo en 2010
surgía, en primer lugar, como consecuencia de una serie de
preocupaciones e intereses comunes que parecíamos compartir. Sin conocernos previamente entre todas nosotras,
comenzamos a vernos periódicamente para tantear si podía
surgir algo que articulara aquello en lo que coincidíamos
de manera intuitiva. Con el tiempo, el deseo perseverante
de construir un espacio donde dar lugar a nuestras preocupaciones y abrirlas al encuentro de un mayor número de
personas se materializó en la propuesta de una suerte de oficina sin número que se formulaba desde la inoperatividad,
un lugar donde poder ejercitar nuevas formas de compartir
procesos de investigación y producción más allá de los esta-
blecidos por los marcos institucionales, un espacio que también pudiera ser modelo para la creación de otros espacios.

El punto de partida lo situábamos en nuestras propias prácticas y en cómo establecer una relación de cruce
entre ellas: la sociología, la coreografía, el comisariado y la
crítica. La creación de ese lugar de cruce respondía no solo
a nuestros deseos inmediatos, sino también a unas condiciones vitales que nos llevaban a querer extender los procesos en el tiempo y generar otros modelos de producción
sin fecha límite ni término. Nos interesaba romper con las
jerarquías existentes entre conocimientos, por ello, los primeros proyectos y líneas de programa (activas desde entonces) surgieron de querer aprender las unas de las otras, pero
también del deseo de configurar un nuevo modelo institucional que escapara de las condiciones que se nos ofrecían
en ese momento.

De todas estas determinaciones, surgían proyectos que nos ayudaban a poner en práctica la idea de cruce,

en la que no solo las disciplinas perdían su lugar, sino también las metodologías de estudio, los formatos y dispositivos que apuntalan las disciplinas, los protocolos que las sujetan. Este es el caso del proyecto *El contrato* (2013-2015), grupo de lectura y exposición, en colaboración con Azkuna Zentroa en Bilbao, que proponía reflexionar sobre cómo los acuerdos, contratos tácitos o explícitos, determinan no solo las prácticas sino también las formas de hacer, ser y actuar. Más que un tema, la noción de contrato se abordó como un área de estudio que nos posibilitaba revisar nuestros modos de trabajar y que, en definitiva, marcaban y definían Bulegoa como un espacio compartido. El grupo se compuso finalmente como un conjunto heterogéneo de personas que se comprometía a reunirse cada quince días durante casi un año, centrándose en determinados textos para estudiar y ampliar la noción de contrato. En la segunda fase del proyecto, la dinámica del grupo de lectura se trasladó a la lógica de la exposición, estableciéndose nuevos cruces entre obras, materiales, performances, películas, piezas coreográficas y nuevas lecturas.

Habiendo finalizado *El contrato* tan solo unos meses antes de mi llegada a Tetuán, esta iniciativa funcionó como un modelo para el proyecto que quería desarrollar en el norte de Marruecos. El reto, sin embargo, consistía ahora en comprometerse con un contexto que esta vez me resultaba extraño. Eso implicaba trabajar con un nuevo grupo de personas y también con artistas invitados del contexto, como el caso de Younes Rahmoun y Youssef El Yedidi, con cuyas prácticas entraba en contacto por primera vez. Progresivamente, conseguimos producir un espacio de confianza en el que poder intervenir con pensamientos e impresiones, una temporalidad que construimos a partir de textos, prácticas artísticas y lugares elegidos conjuntamente para cada ocasión. El proyecto de Tetuán aspiraba configurar un nuevo espacio de cruce fuera de las condiciones dadas. En esta ocasión, la iniciativa tenía una dimensión modesta, ya que solo éramos un pequeño grupo de personas leyendo, desplazándonos y compartiendo intereses y preocupaciones propias e incluso nuevas inquietudes sobre las que construir una articulación común.

El tiempo transcurrido desde esos primeros momentos ofrece una perspectiva sobre la amistad en el presente que ayuda también a reflexionar sobre el pasado y a proyectar posibilidades en el futuro. Quizás lo que la fragilidad de la intimidad nos enseña es la importancia de que la conversación continúe como un proceso abierto desplegándose sin miedo a provocar más cruces que devengan oportunidad para confrontar posiciones.

Gardens of Fez en Dar Sanaa

Heidi Vogels llegó a Tetuán justo a tiempo para participar en la sesión de Younes Rahmoun. El taxi la dejó en la casa de Ybel Dersa cuando acabábamos de empezar, así pudo participar junto al resto del grupo en el debate sobre el texto de Nancy y la práctica de Rahmoun. Al día siguiente, tenía lugar su sesión, por eso fuimos juntas a preparar el espacio del encuentro en el salón de Dar Sanaa. Nos llevamos la pantalla de Dar Ben Jelloun, porque había decidido proyectar algunas escenas de su película *Gardens of Fez,* todavía en preparación.

Heidi comenzó este proyecto en 2011 en la medina de Fez que, aun siendo una de las ciudades árabes más grandes y mejor conservadas del mundo, se encuentra en un proceso de transformación. La película, a partir de los jardines de la medina, da cuenta de los cambios que, en los últimos treinta años, han provocado que muchos de los jardines hayan sido destruidos o hayan desaparecido por «la modernización, la superpoblación y el declive económico general»[117]. Desde hace más de una década, Vogels ha trabajado en Fez tratando de acceder a los recuerdos, las historias y las experiencias de la vida cotidiana de varias personas, «una comunidad de amigos, residentes de la ciudad, arquitectos, historiadores y otros expertos». La película recoge la espectralidad presente en los modos de habitar un espacio en transformación. Las formas del pasado se desvanecen y su presencia ausente se manifiesta en las labores cotidianas de mantenimiento. El uso del agua, la relación entre el exterior y el espacio doméstico interior, las evocaciones de poemas transmitidos entre generaciones y las danzas y movimientos del ritual sufí dan estructura al recorrido fílmico a través de una cartografía que se desdobla entre lo real y lo virtual.

Una vez reunido el grupo en Dar Sanaa, comenzamos la sesión. Decidimos concentrarnos primero en la obra de Heidi y después en el texto de Giorgio Agamben. Para ello, nos reunimos primero en el salón principal y luego en el jardín. Su presentación arranca con una de las escenas de la película. Tiene una duración aproximada de un minuto, vemos y oímos a Rajae, que vive en la medina y trabaja como profesora, recitando un breve pasaje de *El libro de los seres imaginarios* de Jorge Luis Borges. «You could come and go through mirrors». Esta secuencia se ofrece como un paso que invita a ser atravesado.

Rajae es una de las primeras personas que Heidi conoció cuando empezó el proyecto en Fez y desde el principio la ha acompañado a través del laberíntico entramado de calles y estrechos callejones de la medina, abriendo múltiples espacios y esferas ocultas construidas de recuerdos, proyecciones y afectos. A través de este fragmento fílmico, la sesión gira en torno a las posibilidades de la película. Heidi nos cuenta cómo el pasaje de Borges leído por Rajae, que trata de expresar el vínculo inseparable entre realidad y virtualidad, podría ser la escena inicial de la película. La artista está interesada en utilizarlo para introducir la conexión entre los espacios físicos, hoy en día en vías de desaparición, y los mundos mentales, infundidos por experiencias vividas en el pasado e historias místicas. Para la artista, el jardín es un espejo en el que podemos ver los reflejos de estos mundos proyectados.

Otro concepto que nos ayuda a comprender este cruce híbrido entre lo físico y lo mental es la heterotopía de Michel Foucault. En contraste con la noción de utopía, que se presenta como un lugar ficticio, la heterotopía abre otro mundo junto al nuestro. En el ensayo *Des Espace Autres*, Foucault ofrece varios ejemplos para introducir el término. Junto con el cementerio, el museo, la biblioteca, también introduce el jardín, el cine y el espejo[118]. En la presentación de Heidi navegamos por estos tres últimos elementos que aparecen como partes estructurales de la película. Jardín, cine y espejo se presentan como una realidad doble, material e intangible, presente y ausente a través de secuencias con gente, documentos de archivo y la elipsis como recurso fílmico. Vogels comparte con el grupo experiencias acumuladas en su intento de reconstruir las historias de los jardines. Las fuentes fotográficas sirven para resaltar su dinámica cambiante en el presente. Por ejemplo, nos muestra una fotografía antigua de un jardín público que a la vez era un huerto que en el pasado se utilizaba para cultivar hortalizas, entre otras plantas, y flores, y que por ello permitía otras formas de relación entre sus usuarios. Junto a esta, proyecta una imagen tomada de un descampado cercano a un arroyo donde la gente va de picnic. Esta comparación ayuda a Heidi a rastrear el flujo de agua en la ciudad y la actual privatización de esta fuente natural, que está causando graves problemas. Las imágenes nos permiten pasar de la realidad de una ciudad sostenible en el pasado a la de una ciudad cada vez más condicionada por la limitación del acceso a los recursos naturales.

Los jardines de Fez aúnan los dos conceptos de Foucault: son heterotopías donde varios espacios —físicos, soñados, recordados— coexisten, pero también son utopías, cuando se muestran como lugares potenciales donde recuperar y activar mejores formas de vida colectiva. La artista se refiere a muchos de los detalles de los cambios experimentados en la ciudad y sus jardines, que ha ido recabando a través de múltiples encuentros y conversaciones. Lo que se desprende de las imágenes y sus explicaciones es una cartografía afectiva que trata de animar una realidad que se desvanece. Los jardines de Fez se convierten así en un arquetipo desde el que observar todos estos mundos diferentes e invocar aquellos cambios que pueden mejorar la convivencia de un espacio. Se trata de un conocimiento que proviene del cuidado, de un uso colectivo, de un mantenimiento diario. A través de las imágenes y relatos, paseamos virtualmente por antiguos *riads*, jardines públicos que aún existen, aparcamientos que sustituyen zonas verdes desaparecidas e incluso terrenos ocultos que arrojan oscuridad sobre su imagen idealizada. La película propone capturar historias del presente y del pasado, historias materiales y mitológicas que conviven en la naturaleza urbana de la ciudad. Una infraestructura compleja, interior y exterior, que sostiene un conjunto de formas materiales, de vida natural, humana y no humana. Una manera de reflejar el pasado en el presente, lo virtual en lo actual, lo invisible en lo visible, lo supranatural en lo natural.

A través de la superposición de los elementos de distintas biosferas, se despliega el entramado afectivo y político que conforma la vida cotidiana. El pasado colonial también se hace presente a partir de algunas imágenes de archivo derivadas de la investigación de la artista. Por ejemplo, una imagen en blanco y negro muestra un cine al aire libre llamado Le Jardin d'Été (de 1939). Este cine fue construido por las autoridades francesas coloniales dentro de un jardín público en Fez. Esta imagen es una buena muestra de cómo el progreso se impone como una nueva capa sobre la tradición durante el Protectorado francés. El mundo antiguo y la vida moderna se cruzan en el campo abierto de la ciudad en busca de una experimentación híbrida que arroje nuevas imágenes sobre la pantalla de la esfera pública.

La imagen de archivo de Le Jardin d'Été es, en realidad, un registro visual e histórico que da cuenta del esfuerzo colonial por imponer la mirada occidental sobre el espacio a partir de la fusión de dos artefactos culturales: el jardín árabe y el cine. Este encuentro entre dispositivos responde a una serie de intereses coloniales en el contexto del Protectorado en los que se quiere hacer fluir la proyección de imágenes de la vida moderna sobre el jardín público que, en este caso, se emplea como pantalla. Un dispositivo se impone sobre otro con la intención de controlar su poder de construcción de imaginarios. Una ideología se proyecta sobre otra, un reflejo del mundo que el opresor impone sobre el oprimido. La dirección de la emisión es primeramente unidireccional, quien controla el medio controla el poder de las imágenes, emisor y receptor permanecen divididos. Ambos artefactos, el jardín y el cine proyectan una presencia fantasmagórica sobre el cuerpo de ese lugar construido.

El espejo en la película de Vogels puede entenderse como una posible intersección alternativa entre el jardín y el cine. Sin embargo, en vez de proyectar imagen, este absorbe la mirada dando entrada a otros mundos que crecen en paralelo a la realidad. «Uno puede entrar y salir por los espejos», nos recuerda Rajae desde el pequeño fragmento fílmico que Vogels comparte al principio. El espejo es el dispositivo a través del cual la artista introduce su encuentro con algunas de las historias relacionadas con los espíritus del misticismo sufí. Son historias que ha recogido a través de su contacto con la gente de Fez, historias que configuran otra concepción de la fenomenología que en el contexto de la sesión de lectura adquiere especial relevancia cuando más tarde se discute el texto de Agamben. Además, el espejo permite una pausa en medio de la presentación, ya que inmediatamente algunos participantes (Youssef, Nouha, Mariam, Wiame...) comparten sus conocimientos sobre algunas mitologías antiguas como los yinn[119].

Pienso en la manera en la que los y las protagonistas habitan las escenas del film. Aparecen en espacios domésticos, privados, íntimos, donde la cámara construye una sensación de proximidad en cierta medida llena de vulnerabilidad. La cámara es un espejo a través del que miramos y nos miramos. En las escenas de exterior, la construcción a veces se rompe, esto sucede cuando alguien mira directamente a cámara, tímidamente, haciendo ver que no puede evitar romper la regla que ha acordado cumplir. Su mirada acaba con la magia, nos saca del espacio/tiempo cinemático, se desvanece la sensación de proximidad. Cuando los animales miran a cámara (a la cámara-espejo) no sucede esta ruptura. La naturaleza también aparece delante del espejo y todo se mantiene igual.

A lo largo de la presentación, me impresiona el compromiso de Heidi con su investigación artística y la ciudad de Fez. Parece como si el tiempo no fuera suficiente, como si necesitara algo más para construir una posición desde la que filmar y trabajar. Algunas de sus decisiones y el aplazamiento tienen que ver con esta imposibilidad. En realidad, ella misma ha construido esa conciencia del problema y la película es también un registro de ese proceso. Su interés por acercarse a la forma no occidental del jardín árabe está confrontada con una prolongada dedicación a estudiarla fílmicamente[120]. Recibí un corte más definitivo del material en el mes de octubre de 2021. Las renuncias se materializan en los encuadres, en los diálogos, en el color y la luz, en las formas que el agua dibuja cuando se derrama sobre el suelo, en los objetos que se presentan como seres animistas, en los fragmentos que han sido descartados. Me interesa ver que la espectralidad sigue ocupando una gran proporción del tiempo fílmico. Atraviesa escenas dejando un rastro místico. Incluso en las elipsis, en aquello que no está ahí pero que actúa por omisión. La escena coreográfica es mi favorita, me lleva a leer a Maya Deren, en concreto, sus ideas acerca de *La posesión religiosa en la danza,* que escribe en 1942. Para ella, existe algo familiar, común, en el cuerpo poseído, ya que «la relación entre el individuo y sus creencias religiosas (incluyendo las deidades) es de compañerismo y muy íntima»[121]. Sin este sentido de intimidad y compañerismo, aclara, los fenómenos de la posesión tendrían poca fuerza. En la mística haitiana, explica Deren, se recurre a las deidades en busca de ayuda ante un problema; de hecho, el vudú fue importante en las revueltas haitianas y en la consecución final de la libertad. Los bailarines en la película de Vogels ensayan algunos movimientos pautados que parecen ofrecer una entrada al trance de la mística sufí, un catálogo de giros, pasos coordinados que repiten conjuntamente. Como la canción que ha sido aprendida en la niñez y que ayuda Rajae y a otro de los protagonistas a rememorar en otra escena. Después de tres horas repitiéndola una y otra vez, nos cuentan, la sensación general cambia, la gente entra en trance.

Lectura en el jardín

Tras la presentación de Heidi, es el momento de *dar la palabra* a Giorgio Agamben. Para ello, decidimos salir al jardín y leer algunos pasajes de su texto *La amistad* en voz alta. Propongo hacer lo mismo que hicimos en la segunda sesión con Younes Rahmoun: leer juntos y detenernos ahí donde encontremos algo interesante. Sin embargo, como el texto es un poco más largo que el de Nancy, sugiero empezar por la página donde Agamben introduce el cuadro de Giovanni Serodine *Separación de los santos Pedro y Pablo* (1625), que representa el encuentro de los apóstoles en su camino al martirio. Nos repartimos entre algunos la tarea de leer en voz alta y nos metemos fácilmente en el texto. Nos mantenemos concentrados sin interrupciones durante toda la lectura. Al terminar, Aymeric rompe el silencio para preguntar a Heidi su opinión sobre la correlación entre su proyecto y la noción de amistad. Heidi habla de cómo, para ella, el proyecto se ha convertido en una forma de vivir un lugar. La película ha ido configurando progresivamente una comunidad de amigos que la han ayudado a enfrentarse al trabajo de una manera muy especial. Explica entonces que esta comunidad ha dado otra dimensión al trabajo, una dimensión viva que ha sido compartida con los y las participantes del proceso. Para ella, no era suficiente descubrir un jardín y luego entrar a filmarlo. Decidió acceder a los lugares solamente a través de la gente que iba encontrando. De esta forma, las historias personales le han proporcionado distintas entradas.

Tras la apreciación de Heidi, me refiero al hecho de que cada vez que leemos un texto nos fijamos en ciertos detalles y dejamos de lado otros. Explico al grupo que durante esta lectura en concreto me sorprendió la relación anudada que Agamben propone entre el existir, el percibir y la amistad. Para el filósofo, parece que no es posible existir y percibir sin amistad: necesitamos al amigo, a la amiga para completar nuestra percepción. Mariam contextualiza mi comentario. Se refiere a cómo Agamben introduce el yo con respecto al otro en forma de carencia. Así, el otro (la alteridad) ayuda al yo a tener una identidad. Le parece interesante esta aportación, la forma en que la identidad se presenta como una entidad que, de hecho, tiene que ser completada por el otro. Esta intervención nos ayuda a discutir la noción del otro y cómo dentro de la cultura occidental representa una posición marginada con respecto al yo. El otro, según la perspectiva occidental, es aquello que queda supeditado a un orden que le precede, es aquello que difiere radicalmente del yo occidental. Dentro de la lógica de Agamben, el amigo no parece ser una entidad autónoma, ya que se introduce como la parte que le falta al yo para completar su existencia y su conciencia o percepción de sí. Frente a esto, Ihsane propone ver al amigo no como negación, sino como algo indisoluble. Para ella, el amigo es el límite, la separación y la unificación tanto del yo como del otro. Así, la amistad es en realidad la intersección que constituye el sujeto, algo que permanece mezclado y dificulta la división entre las partes.

Durante la transcripción de la sesión, me viene a la cabeza una nueva referencia. La idea del cuerpo poseído puede ayudar también a profundizar sobre cómo decolonizar la noción del otro. Martin Zillinger apunta a la agencia de la otredad en la experiencia del trance para desactivar su exotización y tratar de comprender la propuesta perceptiva que plantea. De hecho, se refiere a ella como una experiencia de extrañamiento, ya que «en el curso de la disociación, la persona poseída experimenta la fuente de su percepción y agencia como algo distinto a ella misma, un *otro* que toma forma en ella y a través de ella»[122]. El movimiento del cuerpo en trance hace que la acción tenga lugar, que la persona-medio actúe. La otredad, en este sentido, se apodera del cuerpo danzante para manifestarse y desplegar así una cosmología conformada por múltiples tiempos que ponen en relación formas de vida y resistencia de una comunidad en movimiento. Formas que comprenden vivencias de desplazamiento, migración y asentamiento en contextos urbanos. Un espacio sagrado que ayuda a reconducir estos procesos sociales de adaptación y traslado.

Más allá de todo esto y de vuelta a la sesión, Nouha llama la atención sobre la idea de la excesiva proximidad que Agamben introduce a través del cuadro de Serodine y la forma en que representa la amistad. Se trata de una distancia excesivamente cercana entre ambos apóstoles, una distancia tan próxima que no pueden verse entre sí, aunque sí son capaces de reconocerse. Heidi ve conexiones entre esta idea de *excesiva* proximidad y su película, en el sentido de que, aunque al principio tenía claro lo que buscaba, con el tiempo sigue siendo incapaz de entender muchas cosas. Cada vez que se acerca más, aparece algo nuevo que la aleja de donde cree estar. También se refiere a cómo, por ejemplo, Rajae, su mejor amiga en Fez, le ha servido de espejo. Rajae ha proyectado sobre ella, sobre su mirada, muchas cuestiones relacionadas con la película. Al mismo tiempo, a través de Rajae, Heidi habla en la película. Se vuelve la catalizadora de sus ideas, como por ejemplo con el pasaje de Borges. Al hacerlo, abre la puerta a una dimensión virtual que se aproxima a las formas místicas que predominan en el film. Una manera de enfatizar lo común en la diferencia. Una dimensión espacial que se materializa a través de la idea del espejo con la intención de generar una proyección caleidoscópica.

Youssef vuelve a referirse al espejo precisamente en el momento en que una fruta cae del árbol que tenemos cerca. «¡Newton!», grita, y reímos. Se habla entonces del espejo como el elemento donde nos descentramos. El espejo refleja nuestra semblanza. A través del reflejo nos reconocemos, al mismo tiempo que, como señala Foucault, «nos sitúa en un espacio irreal, allá donde no estoy»[123]. A continuación, Mariam plantea la cuestión de la amistad en relación con las cosas. Volvemos a hablar de los yinn y de otras formas de existencia. La conversación se desplaza hacia un intercambio de conocimiento sobre el sufismo y sus sesiones espirituales. La amistad opera sin darnos cuenta en este momento como un proceso de traducción cultural. Elliot se refiere al hecho de que hemos estado discutiendo el término exclusivamente desde la perspectiva de la filosofía occidental y pregunta a los participantes locales si conocen otras aproximaciones desde la cultura árabe a la noción de amistad. Youssef interviene de nuevo y, de una manera juguetona, se refiere a la idea de amistad como una forma de encuentro: «Durante esta sesión, cada vez que decíamos la palabra amistad *(friendship)* imaginaba un gran barco lleno de amigos. La película también es un gran barco». Todos reímos.

Foucault también cierra su texto sobre la heterotopía con el ejemplo de un barco. «El navío —dice— es la heterotopía por excelencia. En las civilizaciones sin barcos, los sueños se agotan, el espionaje reemplaza la aventura y la policía a los corsarios».

Fotografías

Un tiempo sin tiempo que intenta escapar de la demarcación ofrecida. Una serie de láminas fotográficas dan cuenta de nuestra estancia en la bahía de Alhucemas y en la casa familiar de Beni Boufrah. El tratamiento fotográfico de Vogels muestra una forma de edición visual que superpone varias imágenes. A través de esta lógica de superposición, los paisajes parecen ser tratados como fondo, mientras que las escenas vividas aparecen en primer plano. Este efecto puede recordarnos a la capacidad del *zoom* de una cámara cinematográfica para conectar secuencias. El objetivo se acerca y se aleja sobre las escenas. Sin embargo, cuando la cámara se acerca demasiado sin la lente adecuada, la vista se vuelve borrosa. Algunas de las imágenes de las láminas están desenfocadas, un efecto causado por una excesiva proximidad. El desenfoque hace que nos preguntemos sobre los recursos de edición al tiempo que nos permite prestar atención a otros detalles. Las imágenes nos ofrecen entonces texturas inesperadas, colores irreales, una temporalidad detenida sobre lo que nuestra vista no alcanza a ver cuando hay movimiento. Son imágenes sónicas que aluden a acciones previas que ayudan a rememorar un espacio de intimidad.

Las láminas incluyen también dos imágenes en blanco y negro, del cine Le Jardin d'Été (1939) y de los jardines Jnan Sbil de Fez (2013). Estas fotografías, tratadas formalmente diferentes al resto, introducen otro enfoque conceptual. Invitan a pensar el espacio que habitamos en relación a un tiempo histórico. El cine, el jardín, el espejo nos ayudan a destejer las narrativas ocultas en las capas más profundas.

Al igual que el jardín, el cine y el navío, las islas permanecen fuera de nosotros, pero ¿qué tipo de mirada reflejan? Durante todo este tiempo, nos hemos movido por las plazas, pensando, leyendo, discutiendo y aprendiendo junto a ellas, sin tener acceso. Nos aproximamos, permanecemos alrededor de estos territorios prohibidos y lentamente comienzan a desplegarse virtualmente ante nosotros. Los enclaves abren también nuevos mundos ocultos junto a los que ya conocemos.

4

ISLAS CHAFARINAS: DISPLAY

Día 1 (lunes)

Bilbao-Madrid-Tánger. Aeropuerto. Taxi. Autopista, guardias de gala y banderas. Tetuán. Palacio Real. Feddan. Entrada a la medina, laberinto. Trankat. Llueve. Compramos fruta con Naziha. El Reducto. Cena en casa, pollo con aceitunas y limón, cocinado por Fátima. Alizia comparte la casa con nosotras.

Día 2 (martes)

11:00, en Bab el Okla con Naziha. La Escuela de Artes y Oficios. El Museo Etnográfico cerrado. La medina a fondo. Escuela y Museo del Corán, azotea, llamada a la oración. Centro-periferia de la medina, donde curten pieles. Mimbre, cuero... cementerio. Gare Routière, plaza, taxi. Posibles rutas hacia Melilla. El rey inaugura un nuevo puente. Un *snack* junto a la casa de Naziha. De vuelta a Dar Ben Jelloun, nerviosas. Más opciones en internet para viajar a Melilla desde Tetuán. Skype con Nouha. Cenamos, más pollo con aceitunas y limón...

Día 3 (miércoles)

Reunión con Nouha. Preparamos comunicación. 11:00, Bab el Okla, Naziha. Museo Etnográfico. Bordeamos las murallas de la medina, Jardín de los Enamorados. Cooperativa de artesanos (marroquinería, textiles, marquetería...). Instituto Cervantes, nos recibe Inma y comparte una gran bibliografía. Blanco Izaga y *La vivienda rifeña*... Comida en Restinga, vino blanco, *pescaíto* frito. Venden juguetes chinos y tambores por el Año Nuevo musulmán. Museo Arqueológico. Un té en Feddan, seguimos sin ver al rey. Un autobús para los ministros. Regresamos al Instituto Cervantes de 17:00 a 19:00. Vino tinto en El Reducto. Cena en Trankat con Nouha, Youssef, Younes y Laila. Revisión de materiales.

Día 4 (jueves)

11:15, en Bab el Okla, Naziha. Biblioteca Abdelkhalek Torres. Archivo Mohamed Daoud, encuentro con su hija en plena mudanza. Visita rápida al *hammam*, té y pinchos en un barrio tranquilo. Corre el aire. *Petit'taxi* a la estación de CTM, billetes. Biblioteca Nacional Mohamed V, no nos permiten entrar... Museo Regional del Nacionalismo. Volvemos a casa a trabajar y hacer las maletas. 21:15, CTM estación, el autobús sale a las 22:15. Dos horas después, parada en un bar de carretera, después se calma el ambiente. Dormimos mientras cruzamos el Rif por Ketama (N2). En Al Hoceïma se baja la mayoría de pasajeros.

Día 5 (viernes)

Amanece (bruma ocre). Estación de Nador. Taxi colectivo hacia Beni Enzar (un guardia a bordo...). La frontera a pie con una mujer que trabaja en Melilla. Nos separamos en la cola para ciudadanos de la UE. Pasaporte y preguntas. Caminamos de la frontera al centro de Melilla: casa cuartel, policía, churrería Martínez, ambulatorio este, Delegaciones Nacionales, edificio del V Centenario, plaza de España. Hotel Nacional en la calle Primo de Rivera. Ducha y descanso. Melilla se vacía al mediodía. Barrio del Mantelete. Mezquita

al aire libre. Almuerzo en el puerto, más sueño. A la noche
salimos: panadería Mi Patria, bodega Madrid, La Gaviota.

Día 6 (sábado)

Desayuno en el Lepanto. Plaza de la Aviación. Melilla la Vieja. Túnel San Fernando, baluarte. Foso de Hornabeque. Primer recinto. Plaza de Armas. Display, escudos y banderas.
Baluarte de la Concepción. Museo Histórico Militar y del
Centenario de la Armada Submarina. Las Chafarinas en el
horizonte. Muralla de la Cruz, Torreón-Faro Bonete. Centro
de Interpretación. Llueve. Almuerzo en el puerto, una boda.
Museo de Historia, Museo Arqueológico (Almacenes de Las
Peñuelas). 18:00, cita con Antonio Bravo Nieto, cronista oficial. Más vascos en el Rif: Alzugaray Goicoechea, ingeniero
militar. Lecciones de arquitectura.

Día 7 (domingo)

Desayuno en el Lepanto, legionario de uniforme. Taxi a la
frontera. Cola, pasaporte... Nos saltamos el plan. Mismo taxi
para dos de Nador a Al Hoceïma, antes vuelta a Beni Enzar
para licencia de la policía. Bordeamos de nuevo Melilla y
luego por la P6202. Llegamos a Al Hoceïma por la N16. Taxi
colectivo hasta Tetuán. Innumerables curvas y precipicios.
Paramos en M'Tioua. Llegamos a Tetuán a las 16:00.

Día 8 (lunes)

Diario, desayuno. Revisión de los materiales. (Leire vuelve
al Instituto Cervantes). Comemos con Nouha sobras. 15:00,

hamman con Naziha. 18:00, compramos verdura y fruta para la cena. Trabajo. Cocinamos y cenamos con Nouha y Alizia.

Día 9 (martes)

Madrugón. Sigo con las imágenes, unos 2.400 ítems... Desayuno largo. Leire un poco enferma. Primera prueba con el proyector. 10:30, llega Naziha. 12:00, visita a la Escuela (inspirada en la Institución Libre de Enseñanza). Almuerzo. Se descuadra la pantalla. Más pruebas. 17:30, llega Youssef.

Marion Cruza Le Bihan
Diario 2015

Las islas Chafarinas

El pequeño archipiélago, controlado por España desde 1848, comprende tres islas llamadas isla del Congreso, isla de Isabel II e isla del Rey. Está situado a 3,2 kilómetros del cabo de Agua (Ras el Ma), dentro de la provincia de Nador, a una distancia de unos 12 kilómetros de la frontera con Argelia y a unos 43 kilómetros de la ciudad de Melilla. Las Chafarinas dan cobijo a numerosas especies de animales. Las investigaciones multidisciplinares iniciadas en el año 2000 determinaron que el primer asentamiento de las islas data de hace 6.500 años. El yacimiento arqueológico de Zafrín en la isla del Congreso permitió la inclusión de esta región en el debate científico sobre el origen y evolución de su pasado neolítico y sobre los contactos con la península Ibérica a través del estrecho de Gibraltar, así como sobre los modos de vida y las estrategias económicas[124].

De las tres islas, la isla de Isabel II fue la única que estuvo habitada durante la ocupación española, alcanzó un pico de población de poco más de mil personas. La isla, que en total tiene una superficie de 15 hectáreas, llegó a tener hospital, iglesia, oficina de correos, escuela y casino. Durante la guerra del Rif sirvió de hospital y prisión para los rebeldes de las cabilas rifeñas[125]. Con el fin del Protectorado, la población fue decreciendo paulatinamente. La última familia que vivió en la isla se marchó en 1986. En la actualidad, solo está ocupada por una guarnición militar de la sección de Regulares y por personal del Ministerio de Agricultura, Alimentación y Medio Ambiente del Gobierno español. Durante el verano, algunos arqueólogos suelen visitar la isla para trabajar en el yacimiento de Zafrín.

El islote más pequeño del archipiélago es la isla del Rey y, aunque nunca ha sido ocupado, alberga un cementerio civil. Una vez al año, un barco de la marina española transporta a los melillenses que quieren visitar a sus familiares enterrados allí.

Vieja ciudad museo

Sábado, 24 de octubre 2015. Marion y yo llegamos al Baluarte de la Concepción, en la vieja ciudadela de Melilla, pronto a la mañana. Una vez en la parte alta del recinto fortificado intentamos vislumbrar el archipiélago, ya que algunas personas nos habían asegurado que en días soleados se pueden ver fácilmente las islas desde allí. Pero es un día nublado y el horizonte está claroscuro. En esa misma zona se encuentra el Museo de Historia Militar de España, que incluye una sección específica dedicada al centenario de la Armada Militar Submarina española. Mientras contemplamos el horizonte, el guarda de la entrada del museo se acerca y nos pregunta qué buscamos. Le explicamos que queremos fotografiar desde allí las islas Chafarinas y al oír aquello se entusiasma. Nos dice que en su móvil tiene guardadas muchas fotos de las islas tomadas justamente desde esa misma ubicación y sugiere que le acompañemos a la caseta de vigilancia para verlas. Nos las enseña. Marion toma con su cámara algunas fotografías de las imágenes del móvil del guarda. Feliz y orgulloso, nos conduce a la sala principal del museo, donde armas, uniformes, maquetas y otros artilugios militares se muestran expuestos. No hay mucha mediación frente a aquel display, los objetos se muestran por sí mismos, hablando desde su pesada materialidad sin ser traducidos, desplegando la historia militar de la región sin cuestionamiento, acogiendo desde un extraño consenso cualquier encuentro espontáneo con las personas visitantes. ¿Por qué un museo sobre la historia militar? ¿Por qué en este lugar?

Al terminar, pasamos a la sección dedicada a la historia de la Marina militar, que se ubica en otro edificio. Allí, encontramos a un hombre que espera a los visitantes. Es un antiguo coronel que nos recibe con amabilidad. La exposición es bastante modesta, consta de una única sala en la que algunos paneles de texto e imágenes narran la historia de la flota española de submarinos. Nos ayuda a interpretar los materiales expuestos y nos sentimos lo suficientemente cómodas como para hacer muchas preguntas sobre el funcionamiento y el papel de la flota en los distintos conflictos bélicos desde finales del siglo XIX. Pasamos alrededor de una hora con el coronel. Cuando ya nos vamos, leemos tres antiguos carteles forjados en hierro que se encuentran en la pared de entrada al recinto:

EL
7 DE JULIO DE 1936
LAS TROPAS DE ESTA CIRCUNSCRIPCIÓN
INICIARON EL GLORIOSO MOVIMIENTO NACIONAL
AL GRITO DE
VIVA ESPAÑA

1936   1939
ESPAÑOL
LEE Y DIVULGA QUE
49.000 MUERTOS
247.000 HERIDOS
18.095 MUTILADOS
HA SIDO LA CONTRIBUCIÓN DEL
ARMA DE INFANTERIA
A NUESTRA CRUZADA NACIONAL
POR ELLO ESPAÑA TE PIDE
UNA ORACIÓN POR LOS CAÍDOS
RESPETO PARA LOS MUTILADOS
CARIÑO PARA TU INFANTERÍA

PARTE OFICIAL DE GUERRA
DEL CUARTEL GENERAL DEL GENERALÍSIMO
EN EL DÍA DE HOY CAUTIVO Y DESARMADO EL
EJÉRCITO ROJO HAN ALCANZADO LAS TROPAS
NACIONALES SUS ÚLTIMOS OBJETIVOS MILITARES
LA GUERRA HA TERMINADO
BURGOS 1 DE ABRIL DE 1939 AÑO DE LA VICTORIA
EL GENERALÍSIMO FRANCO

Museo al aire libre

Tras nuestra visita al Baluarte de la Concepción en Melilla y sus museos, nos reunimos con Antonio Bravo Nieto, director de la UNED de Melilla y uno de los responsables de la investigación multidisciplinar sobre el yacimiento arqueológico de Zafrín realizada en las islas Chafarinas entre 2000 y 2005 por el Instituto de Cultura Mediterránea. El Museo de Arqueología e Historia de Melilla, situado también en el baluarte, tiene expuesto un diorama de la cabaña neolítica construido a partir de restos excavados en el yacimiento de las Chafarinas. En la misma sala se muestran además diversos materiales: fotografías, gráficos, dibujos que ayudan a desplegar las hipótesis sobre el paisaje neolítico del archipiélago, así como fragmentos de cerámica y otros utensilios encontrados durante la investigación.

Antes de reunirnos con Bravo Nieto, hemos visitado el Museo de Arqueología e Historia para examinar la lógica de la muestra del yacimiento de Zafrín. Nuestro encuentro es breve. Nos propone llevarnos a su oficina y luego dar una vuelta por el centro de la ciudad para mostrarnos algunos edificios de los movimientos *art nouveau* y *art déco*, relacionados con un trabajo de catalogación que ha desarrollado años antes para su investigación doctoral. En respuesta a mi interés por las islas Chafarinas, me regala un par de volúmenes de la revista *Aldaba* titulados *Chafarinas: El ayer y el presente de unas islas olvidadas I y II*. La colección de artículos ofrece una panorámica sobre la historia del asentamiento humano en las islas, que comienza hace más de seis mil años. La falta de agua explica la interrupción del asentamiento después del Neolítico, por ello, los historiadores identifican dos momentos diferentes en relación a la ocupación humana del archipiélago. El primero corresponde al tercer Neolítico, durante la segunda mitad del V milenio a. C. El segundo, a la ocupación española de 1848[126]. Entre estos dos momentos tan distantes, los historiadores solo pueden especular sobre el posible contacto con las islas por parte de navegantes y visitantes accidentales. Algunas tesis afirman que la interrupción de habitabilidad tras el Neolítico se debe a una posible transformación de la costa que convirtió el territorio continental en archipiélago. Esta alteración geográfica podría haber provocado un retroceso de la línea de costa de hasta tres kilómetros. Los argumentos a favor de la habitabilidad de las Chafarinas durante la prehistoria también se sustentan en los fragmentos de cerámica encontrados en la isla del Congreso, una isla deshabitada incluso durante el periodo de ocupación española. Las formas decorativas de estos fragmentos de cerámica corresponden, en opinión de los arqueólogos, al mismo periodo: patrones decorativos (espinas de pescado, zigzags aterciopelados, etc.) que se leen, dice Juan Antonio Bellver Garrido, como «marcas de culturas geográficamente identificables».

Según distintos autores, antes de la ocupación española, el archipiélago era considerado *terra nullius*[127] y, aunque aparece en varias cartografías antiguas, incluyendo algunas del periodo romano, solamente será temporalmente habitado y nunca reclamado de manera permanente por un Estado.

A principios de los 2000 se realizaron cinco excavaciones, la última de las cuales incluyó una intensa investigación en la isla del Rey, que junto con la isla del Congreso también había permanecido deshabitada durante la ocupación española. A pesar de su estado virgen, no se pudo localizar ningún hallazgo allí, posiblemente debido al prolongado proceso erosivo al que se ve sometida. Al margen de esto, científicos, historiadores y otros investigadores creen que la isla de Isabel II probablemente también estuvo habitada en el Neolítico, aunque la intensa ocupación humana desde 1848 parece haber borrado todo rastro. Por último, se han encontrado más de mil fragmentos de cerámica en la isla del Congreso, algunos de los cuales están expuestos en los dos nuevos museos de Las Peñuelas, el Museo de Arqueología e Historia y el Museo Etnográfico, ambos situados en la antigua ciudad fortificada de Melilla[128].

La sala dedicada al yacimiento de Zafrín en el Museo Arqueológico presenta la escenificación de la vida humana neolítica mediante una combinación de atrezo y hallazgos originales. Los materiales ayudan a construir la escena detrás de un cristal en vitrinas o zonas delimitadas, por lo que la división entre el visitante/espectador y los objetos expuestos queda claramente marcada. Esto nos remite a los argumentos de la antropóloga griega Nadia Seremetakis sobre la influencia circular de las estrategias de la antropología y la etnografía y la organización del trabajo de campo y los conocimientos que se derivan del mismo. En su ensayo *La memoria del sentido. Percepción histórica, comensal, intercambio y modernidad*[129] se pregunta sobre cómo el adormecimiento y el borrado de las realidades sensoriales se pueden convertir en momentos cruciales en el curso de la modernidad. En su opinión, estos momentos de borrado solo pueden vislumbrarse de forma oblicua y en los márgenes, ya que su visibilidad requiere de una inmersión en la manera sensorial interrumpida y en las emociones que han sido desplazadas. Seremetakis sitúa, por tanto, la lógica del museo en conexión directa con la división de los sentidos y presta particular atención a la organización de la exposición del museo a través de una jerarquía sensorial, priorizando la vista sobre los demás sentidos[130].

En todo el recinto del Museo Arqueológico prevalece, en la línea de Seremetakis, la visión, organizando la experiencia sensorial del recorrido expositivo. La organización de los numerosos displays responde a la jerarquía sensorial basada en la vista que ella señala, algo que experimentamos desde el comienzo del recorrido en la vieja zona fortificada, que ya no es un lugar de vida, sino un lugar para exponer el pasado de la ciudad.

Algunos de los artículos recogidos en los volúmenes de la revista *Aldaba* presentan los avances de la investigación durante las distintas excavaciones arqueológicas. Un incidente relatado llama mi atención: durante la crisis diplomática de Perejil en 2002 las excavaciones fueron interrumpidas[131]. Aunque no se dan detalles sobre la relación entre la crisis de Perejil y las excavaciones arqueológicas en las Chafarinas, este dato nos lleva a preguntarnos una vez más por la historia conectada de los enclaves españoles, que aún hoy se muestra entrelazada. La urdimbre de esta geografía entretejida parece de nuevo atravesar diversas capas de historia componiendo una rica y variada superficie espaciotemporal donde otros encuentros inesperados entre presente y pasado tienen lugar.

La ocupación de las plazas menores como el peñón de Vélez de la Gomera y las islas Alhucemas fueron objeto de antagonismo interno desde sus primeros años, debido a los elevados costes del mantenimiento de dichos enclaves. El cuestionamiento de la ocupación de las plazas durante el siglo XVIII y principios del XIX, periodo en el que su población se vio aumentada, impidió que España formalizara la ocupación de las Chafarinas, a pesar de que la conexión entre Melilla y el archipiélago era bastante evidente gracias a la extracción de materias primas como la madera y la piedra para la construcción[132]. Sin embargo, el año de la ocupación española de estas islas nos sitúa en un momento histórico concreto:

la inestabilidad política que arrastró la fallida revolución de 1848 en Madrid, tras la cual algunos de los detenidos acabaron en Chafarinas[133]. Además de todo esto, el interés del Gobierno español por concretar la ocupación del archipiélago hacia mediados del siglo XIX se correspondía con un progresivo sentimiento de indefensión ante los crecientes intereses coloniales de Francia en Argelia y el temor de que las fuerzas francesas las ocuparan.

En este contexto geopolítico, las Chafarinas demostraron su valor estratégico. Sin embargo, la ocupación de los islotes requería un sistema muy complejo de previsiones que incluía el transporte y almacenamiento continuos de agua, alimentos y herramientas. La operación también exigió la construcción de un extenso puerto que conectaba la isla de Isabel II y la isla del Rey mediante un puente (destruido años después por las tormentas y nunca reconstruido) y la ocupación de unas tierras en la costa cercana, que llamaron cabo de Agua (hoy conocido como Ras el Ma), que servía de puerto franco para abastecer a las islas con las mercancías necesarias. Durante la segunda mitad del siglo XIX, se intentó revitalizar la economía y la vida de las Chafarinas y del resto de las plazas españolas. Este empeño puede interpretarse como parte del creciente interés colonial europeo en el norte de África que se agudiza en ese periodo concreto de la historia. Sin embargo, como el resto de plazas, Chafarinas se erigió, en parte, como un lugar de reclusión. En 1884, la isla de Isabel II contaba con una población de 600 personas, de las cuales 186 estaban confinadas (la mayoría, presos políticos de las insurrecciones anarquistas y militares que se produjeron dentro de España y en las colonias de ultramar, como Cuba y Filipinas).

El presidio de las Chafarinas y los de las otras plazas fueron cerrados definitivamente en 1906. Sin embargo, en 1926, durante la dictadura de Primo de Rivera, varios opositores al régimen fueron recluidos en la isla de Isabel II, devolviéndole así su estatus penitenciario. Detenidos sin juicio, cuatro intelectuales cuyas ideas eran contrarias a la dictadura fueron enviados a las Chafarinas: Luis Jiménez de Asúa (catedrático de Derecho Penal de la Universidad Central de Madrid y director de la comisión de redacción de los artículos de la Constitución durante la II República Española); Francisco de Cossío y Martínez-Fortún (dramaturgo, novelista y ensayista); Arturo Casanueva González (abogado y poeta), y Salvador María Vila Hernández (estudiante de Filosofía y Derecho y seguidor del filósofo Miguel de Unamuno). Todos fueron deportados injustamente, pero los casos de Luis Jiménez de Asúa y de Salvador María Vila Hernández destacan, ya que sus deportaciones estuvieron vinculadas a las protestas de algunos académicos cuando Miguel de Unamuno fue desposeído de su cátedra por su oposición a Primo de Rivera y posteriormente deportado a Fuerteventura[134].

Los cuatro intelectuales produjeron relatos escritos (artículos periodísticos, novelas y diversas crónicas) basados en sus experiencias de destierro. A través de ellos, una se acerca a la taxonomía geográfica de las islas, a su vida social, a su gente, a su hospitalidad e, incluso, a una anécdota que describe una obra emprendida en común: la realización de un monumento a Unamuno que se erigió en la isla del Congreso. Este protomonumento, que sobrevive tan solo como relato, funcionó en su día como una forma instalativa, un display precario que marcaba el lugar del exilio al mismo tiempo que reclamaba un emplazamiento para la libre expresión y el pensamiento en una isla llamada Congreso y que desde la prehistoria había permanecido deshabitada. Esta contradictoria imagen introduce de nuevo interesantes cruces con el término original para designar estos enclaves españoles: plazas de soberanía. Un lugar de soberanía que permanece vacío y prohibido.

El fin de la población civil en el archipiélago data, como he comentado, de 1986, el mismo año en que se cerró la ruta marítima entre Melilla y las Chafarinas y se instauró la Ley Orgánica de Extranjería del 1 de julio de 1985[135]. En la actualidad, una reducida guarnición ocupa las islas, operando en guardias cortas. El proceso de erosión del pasado continúa en marcha; mientras, el futuro aguarda en busca de otras formas de habitar.

Display

El concepto de display ofrece una entrada conceptual al enclave de las islas Chafarinas si pensamos en el yacimiento neolítico de la isla del Congreso y su presentación expositiva en el Museo Arqueológico de Melilla. La palabra display se utiliza a menudo sin traducción al español cuando se habla de cuestiones relacionadas con el diseño de una exposición. El término deriva etimológicamente del latín *displicare* (originalmente esparcir o dispensar, y más tarde, desde la época medieval, también desplegar o explicar) y del término del francés antiguo *despleier*. En el inglés derivó en *unfurl* o *unfold* (desdoblar, abrir). Siguiendo estas raíces etimológicas, podemos afirmar que una exposición puede entenderse como un despliegue de elementos, una operación, una apertura que hace que los materiales se vuelvan visibles. En otras palabras, un display es, en cierta medida, el acto de desenvolver algo que permanecía oculto. La puesta en práctica de este despliegue de elementos en el espacio expositivo puede compararse con la lógica del teatro, en el que los objetos, el atrezo y los sujetos se expanden dentro de una escenografía. En algunos casos, la exposición se construye a pequeña escala y permanece protegida por una vitrina como si fuera una maqueta arquitectónica; en otros, su construcción es a gran escala, creando una escena más amplia donde los espectadores/actores intervienen experimentando el espacio y la relación entre los elementos a través de sus cuerpos. En ambos casos, el despliegue, por conciso o ampliado que sea, implica líneas ideológicas: una disposición que muestra de una manera concreta (y no de otra) un objeto, una acción, un documento; una organización espacial que articula de forma específica movimiento e itinerarios; un desdoblar que revela las reglas espaciales que definen la exposición como dispositivo. Los efectos y sometimientos del display sobre la exposición como medio es lo que me interesa desplegar ahora.

Una imagen de la instalación de la Exposición Colonial de Marsella de 1922 nos sirve de nuevo como ejemplo para pensar la eficacia de la exposición como aparato dedicado a hacer ver algo de una manera concreta, es decir, como una disposición que hace visibles algunas cualidades, ocultando otras. Esta muestra desvela el display como un modelo de visibilización según los preceptos geométricos, replicando el trazado moderno urbano que se quiere imponer sobre el territorio colonial. La exposición, como explicaba al hilo de Perejil, presentaba la obra del arquitecto y urbanista francés Henri Prost para dar a conocer al gran público los planes urbanísticos sobre Casablanca que más tarde se extenderían a otras ciudades, como Fez, Marrakech o Rabat. Esta imagen, una vista general del display, me lleva a fijarme en el gesto de apropiación de la forma expositiva reconocible de los primeros salones parisinos. La pared se presenta repleta de superficies enmarcadas, aunque en esta ocasión, el espacio pictórico ha sido sustituido por fotografías aéreas en blanco y negro. La mirada queda absorbida por la saturación visual y por el poco espacio restante entre las imágenes. La apropiación sirve, en este caso, para introducir cierta cohesión metodológica y una eficaz claridad para desplegar, para ayudar a proyectar en la mente de los visitantes los proyectos urbanos para Casablanca. La imagen de la instalación, una imagen frontal que trata de abarcar la totalidad del gesto, da cuenta también del escenario expositivo que filtra visualmente la realidad del momento: la población francesa se confronta y también se muestra ante su anhelo de conquista moderna.

El contexto histórico en el que se enmarca este display coincide con la primera gran exposición colonial organizada en Francia después de la Primera Guerra Mundial. Por primera vez, se incluyen no solo construcciones ficticias para escenificar los habituales estereotipos sobre el continente africano, sino también cuantiosa información (como estadísticas, informes y documentos oficiales) sobre las colonias[136]. La dimensión divulgativa se introduce junto a las escenificaciones primitivistas; su diseño expositivo se aleja del teatro para alinearse con las formas de la pintura de ocupar el espacio que, desde los primeros salones del siglo XVIII, inunda las paredes sin dejar un hueco vacío, convirtiéndose en ejemplo paradigmático de presentación del arte del presente. El despliegue de los documentos fotográficos anuncia el retorno del urbanismo colonial a la metrópoli. El espacio expositivo se ofrece como si de una galería de arte se tratara: aséptico y aislado de la realidad, donde la cartografía aérea, la pureza de las formas, la rectitud de las líneas, tanto del espacio urbano exterior como del interior, y la autonomía de la imagen continúan la senda trazada por los mitos del arte moderno. En este contexto, las lógicas espaciales de la exposición artística son extraídas para activar la mediación del material fotográfico con el gran público. La forma se mantiene, el contenido cambia.

La relación entre la exposición como formato relacional (el dispositivo) y sus métodos y articulaciones espaciales (el display) da cuenta de las distintas posibilidades de mediación entre objetos, cuerpos y espacios a la hora de conformar un mensaje. Dispositivo y display a veces actúan como si fueran una sola cosa; otras, por el contrario, se distancian e incluso se enfrentan, revelando así capas de información que quedaban ocultas. Dicho distanciamiento permite entender las lógicas de visibilización y ocultamiento que estructuran la ideología que sustenta el espacio expositivo. El display pliega y despliega sus atributos en función de que interese hacer más o menos visible dicha ideología. La exposición como dispositivo se erige como una operación de sacar o colocar fuera. La propia palabra exposición —del latín *expositio,* un compuesto que incluye el prefijo ex— apunta a una acción que se ejecuta desde un interior a un exterior, algo que estaba dentro se coloca fuera, algo privado se convierte en público.

Tony Bennett incide en la conexión entre la exposición y el desarrollo de las nuevas tecnologías de visualización. Su artículo «The Exhibitionary Complex» introduce el movimiento de dentro afuera que el museo de arte experimenta en su camino a conformarse como una institución moderna. Para ello, pone en relación dos modelos distintos de institución que, desde finales del siglo XVIII, marcarán dos trazos históricos paralelos que solo en ocasiones se entrecruzan. Por un lado, el museo, que progresivamente va abriendo cada vez más sus espacios y objetos al público general, antes restringidos al poder soberano. Por otro, el sistema carcelario, que confina y oculta aquellos cuerpos ingobernables de la esfera pública, un movimiento a la inversa, del exterior al interior, como un método disciplinario nuevo que hace visible el castigo precisamente ejerciendo el ocultamiento[137].

A medida que ambos espacios disciplinarios avanzan, sus atributos de visibilización y ocultamiento se intensifican. Bennett introduce el ejemplo del Palacio de Cristal (Crystal Palace) y el espacio panóptico del sistema carcelario en relación a los dos polos opuestos en la construcción de una sociedad disciplinaria: «El panóptico se diseñó para que todos pudieran ser vistos, el Palacio de Cristal se diseñó para que todos pudieran ver», apunta. La realidad se vuelve hipervisible, a la vez que sobrevigilada, y con esta doble tendencia se articula una forma de definir y gobernar la esfera pública bajo la retórica del progreso «como un logro nacional colectivo con el capital como gran articulador». Este poder de visibilización no solo va a iluminar objetos, maquinaria, productos, fetiches, obras de arte u objetos expoliados, sino que también ayudará a conformar las lógicas organizativas que establecen orden y jerarquía entre los elementos. El progreso va a marcar las pautas del orden expositivo; la idea de una línea temporal, concebida como una serie de etapas de desarrollo, marcará la aparición del marco histórico como herramienta definitoria de los museos que comienzan a emerger en el siglo XIX. La retórica del progreso y su influencia en la conformación del espacio expositivo y sus formas de display se suman a otro movimiento que ayudará de manera simultánea a moldear un nuevo público, un cuerpo social que vacila entre ejercer la visión o convertirse en vista. De manera progresiva, la exposición se articula espacialmente como una herramienta fundamental para regular y educar a la sociedad. La capacidad de ordenar los elementos por parte de la exposición alcanza al público, dando forma y unidad a un concepto de ciudadanía blanca, en oposición a la otredad primitiva de los pueblos conquistados.

Asimismo, podemos repensar la relación entre dispositivo y display a partir de dos posibilidades: la primera, como una línea recta y perfilada que consigue un efecto en virtud de una jerarquía binaria o, por el contrario, la segunda, como un meandro sin forma que crea numerosos puntos de conexión o contacto. La línea limpia de la primera opción puede recordarnos a la delgada estantería de madera que aparece en una fotografía de la sala 3 del Salón de Otoño de 1905 en París. El trazo curvilíneo e informe de la segunda opción se vuelve confuso y caprichoso, sucede entre formatos expositivos, apropiándose de gestos para atravesar disciplinas y espacios. Su impacto es más difuso.

Comencemos por la línea recta. La línea del estante poco profundo, situado a unos 120 cm del suelo, recorre la gran pared de la sala, dividiendo la parte superior expositiva de la inferior; ambas zonas muestran obra indistintamente, lo que crea una lógica zigzagueante, incluso curvilínea, entre las obras de arriba y las de abajo. La estantería contrasta, sin embargo, con las líneas divisorias de madera empleadas en otras salas, o incluso en exposiciones anteriores, al funcionar como amplios zócalos que separan dos zonas distintas: la zona de exposición de la zona fuera de esta. El estante de la sala 3 se emplea no solo como marca divisoria sino también como pieza de mobiliario en la que algunas obras en cerámica se apoyan armoniosamente demostrando el deseo de crear una intersección entre ambas zonas de la pared, activando así un diálogo entre los espacios y los distintos formatos, en este caso, entre pintura y cerámica (escultura).

El arquitecto y crítico de arte belga Frantz Jourdain, con la ayuda de varios artistas, entre ellos Matisse, Rouault y Bonnard, fue el iniciador del Salón de Otoño, una respuesta expositiva ante el carácter conservador del Salón oficial de París, que se convirtió en una referencia para los desarrollos artísticos de principios del siglo XX. Las fotografías de las salas también muestran importantes avances en cuanto a la forma de exponer las obras; detalles como la mencionada estantería evidencian las transformaciones realizadas en el espacio de exposición para mostrar el arte más nuevo. En particular, si concentramos nuestros esfuerzos en visualizar ese estante en relación con las distintas obras expuestas, quizás podamos ver cómo la línea envía la mirada del espectador en muchas direcciones diferentes. La imagen de la sala 3, tal y como se ha descrito, nos ayuda a adivinar los porqués de la dinámica de la mirada, aunque habría que visualizar el salón en su horario de apertura, lleno de gente moviéndose por el espacio, y ponernos incluso en el lugar de una de esas personas que observan los objetos expuestos. En este escenario imaginado, la línea trazada de la estantería guía nuestros movimientos, en busca de los puntos de vista más adecuados para disfrutar de cada obra. Así, cuando decidamos centrar nuestra mirada en el itinerario pictórico de la exposición, nuestro cuerpo tendrá que activar una cierta visión cinética entre las obras, creando un vaivén visual entre las situadas arriba y abajo. Pero, si decidimos ver la obra pictórica en relación a las obras en cerámica sobre el estante, deberemos desplazarnos por el espacio acercándonos para observar con detenimiento las piezas de pequeño formato y alejándonos para disfrutar de los cuadros que cuelgan de la pared. Un movimiento de atrás adelante que nos permita hacer *zoom in* y *zoom out* sobre la disposición de las obras.

El deseo de influir en la mirada del espectador mediante un efecto sobre su movimiento corporal será un factor clave en el avance de la exposición, ideado para mostrar el arte de vanguardia de la primera mitad el siglo XX. Un claro ejemplo es el Gabinete Abstracto concebido por El Lissitzky entre 1927 y 1928 en una de las salas del Landesmuseum de Hannover. Sobre este espacio cristalizaba de manera evidente el efecto cinético de la exposición. Esta sala puso de manifiesto el objetivo adoptado por todo dispositivo expositivo moderno: suscitar la experiencia artística en el espectador por medio de sus elementos constructivos. De hecho, el Gabinete Abstracto fue concebido como un espacio dinámico, un escenario con partes móviles en el que los visitantes estaban llamados a interactuar con algunos de los elementos constructivos para poner en movimiento la exposición, como si de un mecanismo se tratara. Ejemplos como este ilustran el papel de la cinética, que llegó a simbolizar una especie de emancipación individual y colectiva.

Otras figuras de la vanguardia, como Frederick Kiesler, László Moholy-Nagy y Herbert Bayer, aplicarán metodologías de diseño similares que conciben la exposición «no como un espacio idealizado e intemporal sino como una representación experimentada por el observador que se desplaza por el espacio en un momento y lugar concretos»[138]. Esta interrelación dinámica entre el cuerpo en movimiento y las obras expuestas se consideraba crucial para la producción de significado. Como apunta la historiadora Mary Anne Staniszewski, «las obras de Bayer, Kiesler, Lissitzky y Moholy-Nagy tenían la intención de rechazar la estética idealista y la autonomía cultural y tratar la exposición como una experiencia históricamente determinada, es decir, cuyo significado quedaba definido por su recepción». La autora compara estos métodos avanzados de diseño expositivo con los llamados «años de laboratorio» del MoMA, de Nueva York, durante la primera dirección a cargo de Alfred Barr. De hecho, la exposición inaugural *Cézanne, Gauguin, Seurat, Van Gogh* de 1929 contribuyó, en su opinión, «a la producción de un tipo particular de instalación que ha llegado a dominar las prácticas museísticas, en las que el lenguaje de la exposición articula un esteticismo aparentemente autónomo».

Algunos de los recursos de diseño empleados en el MoMA durante aquellos años fueron los siguientes: cubrir las paredes con tela de algodón de color natural; situar los cuadros en zonas neutras sobre pared a la altura de los ojos; mostrar las obras en espaciosas disposiciones sin seguir necesariamente ningún orden simétrico; organizar las obras según principios cronológicos o intelectuales, o añadir etiquetas en la pared que sirvieran de premisa textual para la validación de las obras expuestas. Podemos afirmar que este catálogo de gestos pasó a convertirse en un vocabulario universal para el display de obras en el espacio del museo, implicando en la ecuación la presencia de una audiencia masiva. Dichas lógicas instalativas se irán paulatinamente estableciendo al mismo tiempo que se perfilará lo que se espera de la audiencia. Cómo mover a los visitantes, cómo desplazarlos por el espacio en una coreografía orquestada para que circulen sin interrupción y cómo diseñar la experiencia estética sobre esta masa de cuerpos en movimiento son algunas de las claves para entender la eficacia de estos recursos para el despliegue de obras en el museo moderno. El método de Barr buscaba la creación de un cierto tipo de «campo de visión» —término que ya había empleado Herbert Bayer— pero, como sugiere Staniszewski, con la intención de habilitar instalaciones aparentemente autónomas en interiores neutros para captar la atención de un espectador ideal y estandarizado.

A diferencia de modelos cinéticos experimentales anteriores, como el mencionado Gabinete Abstracto de El Lissitzky o el Leger und Trager (L + T) de Kiesler (1924-1926),

Barr proponía una disposición que trataba al espectador como un ser que debía ser movilizado por la instalación, autónomo del contexto ambiental. Una premisa que contradecía las intenciones de las instalaciones de El Lissitzky y Kiesler y, posteriormente, la de otros como Bayer en la *Exposition de la Société des Artistes Décorateurs* (1930) o Moholy-Nagy en *The Room of Our Time* (c. 1930), que subrayaban la relación entre el espectador, las obras de arte y el entorno. Aparte de los diferentes detalles de ambos modelos de exposición, también se puede suponer una interpretación ideológica respecto a ellos. Staniszewski considera que «el método de exposición estetizado, autónomo y aparentemente *neutral* de Barr creó un aparato ideológico extremadamente acomodaticio en el que el sujeto espectador era tratado como si poseyera una soberanía ahistórica y unificada del yo, al igual que los objetos de arte».

Los argumentos de Bennett y Staniszewski nos ayudan a analizar el impacto de las formas del montaje expositivo sobre el espectador a lo largo del avance de la institución museística. En el desarrollo de esta institución se va conformando una idea de sujeto enfrentado de manera individual a la organización de las capas del tiempo histórico y al hecho artístico. Su posición de observación, cada vez más aislada e individualizada, queda extraída de todo contexto espacial y temporal a la hora de producir su experiencia frente al objeto expuesto. La filósofa Bojana Kunst, en su texto «Danza y trabajo: El potencial político y estético de la danza», contribuye a añadir una nueva capa de significado respecto a la ideología dominante del display moderno. Bajo la consideración de que todo movimiento es político en la medida en que este provoca relacionalidad, Kunst analiza su correlación utópica con la idea de libertad en la sociedad occidental capitalista. El movimiento que dentro de las fábricas es acompasado por el ritmo del capital, fuera del trabajo, en el tiempo libre, se convierte también en la dinámica catalizadora de la experiencia estética. Lo expresa así:

> La naturalización del movimiento, en oposición al uso instrumental del cuerpo trabajador y a la organización racional de la sociedad se corresponde con el descubrimiento del sujeto singular, un individuo con deseos y movimientos, dinámico, transversal y transgresor fuera de los modos de producción. La mayoría de las veces, este individuo se concibe como en constante movimiento, en plena creatividad y con un lenguaje estético autónomo: un individuo que no puede no bailar[139].

En los modelos de exposición descritos anteriormente —incluido el del estante de la sala 3 del Salón de Otoño de 1905—, la experiencia estética comienza a ser activada desde el movimiento corporal. Sin embargo, mientras en los montajes de Barr el movimiento del cuerpo propicia la idea de una experiencia estética autónoma, abstraída de la realidad cotidiana, a partir de la cual crear significado, en los de El Lissitzky, Bayer o Moholy-Nagy el movimiento corporal da un sentido de pertenencia a una situación espaciotemporal específica, es decir, ubica al espectador en el encuentro con los elementos, lo implica y sitúa de manera activa en la producción de dicha experiencia estética. Ante estas dos posibilidades, el modelo de Barr se estandariza, convirtiéndose, según Staniszewski, en «la norma dentro de la práctica museística moderna del siglo XX, [...] su función como representación se vuelve transparente e invisible».

Pensar la relación entre el dispositivo y el display en términos no dicotómicos puede implicar la inversión y el intercambio de sus posiciones. El display, en la medida en que despliega capas y estratos de significado antes ocultos, hace visible el funcionamiento del dispositivo. En otras palabras: lo expone. El dispositivo, como maquinaria de mediación, se oculta tras el display, haciendo opacas las intenciones de sus operaciones, actuando a través del envoltorio para seguir siendo máquina, para interceder entre sujeto y objeto, entre el espectador y la obra de arte.

Especulemos ahora sobre la diferencia entre dispositivo y display desde el trazo curvilíneo e informe. Un trazo que dibuja inesperados recovecos y nos invita a imaginar la distinción entre los dos conceptos como un garabato improvisado que, de forma compleja, da lugar a numerosas relaciones entre ambos. Una amalgama y mezcla de materialidad objetual, un cruce de miradas que se pregunta no solo por lo que se observa sino por cómo se observa. Me gustaría introducir esta opción enredada a partir de la evolución del display etnográfico, tomando como punto de partida dos contextos museísticos estrechamente relacionados, pero que en cierta medida podrían considerarse contradictorios: el antiguo Museo del Trocadero, de París, hasta la década de 1920, y el Museo del Hombre, también en París, a partir de 1930.

Durante el grupo de lectura que nutrió *El contrato* dedicamos una sesión al concepto de display desde estos dos ejemplos. Durante la sesión no utilizamos fotografías documentales, sino otras fuentes a modo de pretexto para imaginar su dinámica en relación con las exposiciones y la clasificación de los objetos. Algunos de estos materiales provenían, por un lado, del ensayo de James Clifford «Sobre el surrealismo etnográfico» publicado en *Dilemas de la cultura*, y, por el otro, de la película *El Debate Tarde/Durkheim* (2007), con Bruno Latour como Gabriel Tarde y Bruno Karsenti como Émile Durkheim. Otras referencias se sumaron más tarde a partir de la conversación durante la lectura. Esta composición ayudó al grupo a comprender el cambio que Clifford introduce en su ensayo entre las exposiciones del Trocadero en los años veinte, que se ajustaban a la estética del surrealismo etnográfico, y las del moderno Palais de Chaillot, que encarnaban el emergente paradigma académico del humanismo etnográfico. El análisis de Clifford exige una mirada crítica sobre el modo en que se exponen y clasifican los objetos culturales, por lo que utiliza el ejemplo del Trocadero, su desorden, su falta de contextualización científica, como un formato de presentación que, en su opinión, «fomentaba la apreciación de sus objetos como obras de arte en sí mismas y no como artefactos culturales»[140]. Clifford aborda el surrealismo etnográfico como una política de crítica cultural que intenta llegar a lo cotidiano y familiar mediante un cierto sentido de asombro, es decir, distorsionando las metodologías inicialmente aplicadas al otro y volviéndolas sobre el observador.

Esta estrategia de cambio de posición entre el sujeto y el objeto de contemplación fue una técnica que más tarde utilizaría el Collège de Sociologie, e incluso Michel Leiris en El África fantasmal, con la intención de generar una reflexión sobre las metodologías de las ciencias humanas a la hora de extraer datos, clasificarlos y, en algunos casos, exponerlos en contextos museísticos. Clifford reclama, a través del surrealismo etnográfico, un ejercicio de desclasificación del museo en el que se empleen metodologías artísticas para cuestionar la supuesta objetividad de la ciencia. En su recorrido comparativo entre ambos museos y sus montajes expositivos, resalta la estética del fragmento y la disposición conjunta de objetos, fetiches y obras artísticas como una forma de cuestionar el orden cultural que se impone como norma en el desarrollo moderno de las humanidades. Ambos museos marcan el desarrollo de la etnografía como disciplina y sus constantes contradicciones. En dicho recorrido, el autor destaca un entrelazado difícil de deshacer entre lo etnográfico y el surrealismo, que implica una mirada autorreflexiva sobre los propios métodos de observación empleados, la recogida de datos y los formatos de presentación de resultados. La mezcla de ambas miradas perturba la idea de una ciencia depurada. «El surrealista etnográfico —dice Clifford—, a diferencia del crítico de arte o del antropólogo de la época, se deleita en las impurezas culturales». Su interés se centra no solo en reflejar una realidad externa sino en descomponer «las jerarquías y relaciones *naturales* de la cultura». Aun así, el display difiere en la evolución del Trocadero al Museo del Hombre. Frente a la caótica metodología extracientífica del primero, en la que la falta de contextualización promovía contemplar los objetos como obras de arte, la tendencia hacia una sistematización más estructurada por parte del segundo cumplía con las demandas de enriquecer las colecciones de la nación como parte del progreso de los museos e instituciones de la década de los treinta. En el Trocadero el display se vislumbraba como un espejo quebradizo donde se refleja de manera fragmentada la mirada europea sobre África. En las nuevas formas de display etnográfico del Museo del Hombre, ejercitadas a partir de la misión Dakar-Djibouti (1930-1931), la imagen del hombre, de lo humano, se proyecta como «un todo indivisible, en el espacio y el tiempo»[141].

Bajo esta universalidad propia de la ideología científica, la mirada occidental quedaba finalmente expuesta de manera cruda y directa. Su deseo totalizador oculta ahora las trampas de su propia posición dominante. La identidad de Occidente y su humanismo no se va a exhibir en dicho sistema, simplemente se emplea como una mirada de violenta hegemonía. Tanto el reflejo fragmentado como las formas de presentación indexada, apuntalan el canon occidental derivado de un universalismo histórico y humanista sesgado.

El poder del display

Apliquemos ahora la noción de display y sus metodologías funcionales a la crisis migratoria que tiene lugar en torno a las plazas de soberanía. Observemos las formas de despliegue y visibilización de las plazas como dispositivos de control en momentos muy particulares, por ejemplo, cuando tiene lugar una disputa diplomática, una demanda activista o una devolución de migrantes. Podemos entender esos momentos de visibilidad como formas de display que revelan capas y estratos de una compleja y oculta maquinaria de mediación. Las plazas como dispositivos de control migratorio, en realidad, se esconden aún más a través de dichos momentos de exhibición, volviendo opaco su modo de actuar con la única intención de permanecer como una maquinaria, un aparato de control, en gran medida, autónomo, descontextualizado, atemporal, incluso anacrónico, que intercede entre los sujetos y también entre los objetos, dividiendo y clasificando a todos ellos según un determinado orden jerárquico.

En las islas Chafarinas se detectan dos modelos diferentes de display. El primero tiene que ver con el reflejo del yacimiento arqueológico de Zafrín en el Museo de Historia y Antropología de Melilla; el segundo, con el precario monumento a Miguel de Unamuno, hoy desaparecido, en la isla del Congreso. El primero sigue los procedimientos de disposición de objetos, atrezo y fragmentos de piezas a la hora de escenificar una hipótesis científica. Los protocolos utilizados tratan de sostener la objetividad científica sobre las formas de vida de la prehistoria. En este caso, las piedras, los fragmentos de arcilla de los supuestos utensilios domésticos y los elementos contemporáneos añadidos evidencian, a través de protocolos institucionalizados, las conclusiones arqueológicas derivadas de los hallazgos de campo. Algunos de estos protocolos incluyen la separación entre el cuerpo del espectador y los objetos expuestos a través de vitrinas, carteles informativos y zonas acotadas que hacen también visible la división entre dos zonas: la expositiva y la no expositiva. El movimiento del cuerpo queda sometido al dictado del display: acercarse a las vitrinas, dirigir la atención hacia la señalización, permanecer fuera de las zonas acordonadas. Sin embargo, esta activación se experimenta como una transición suave que comienza, en realidad, mucho antes del momento en que se llega a la sala dedicada al yacimiento, cuando una se adentra en el antiguo recinto fortificado de Melilla, que ha sido rehabilitado íntegramente como una zona museística al aire libre. Dentro de esa gran área, la señalización guía nuestros movimientos, invitándonos a acercarnos o alejarnos de algunas zonas definidas en función de los métodos de exposición. Pero, desde una de las terrazas superiores del recinto fortificado, si nos asomamos para mirar hacia atrás en vez de hacia el mar, escapando del itinerario marcado, nos encontramos con la ciudad de Melilla y sus alrededores. En el límite del paisaje urbano, donde terminan los suburbios de la ciudad, una línea recta delimita dos zonas: la urbana y la no urbana. Esta línea corresponde a la valla fronteriza de Melilla, cuya construcción se inició en 1998, un año después de la apertura del Museo de Historia Militar[142].

Al igual que las islas Chafarinas permanecen ocultas desde el emplazamiento del Museo de Historia Militar cuando la niebla se espesa, la valla fronteriza también intenta hacerse invisible a través de la nebulosa que emana de los recursos del display empleados en la antigua zona fortificada, un museo que parece construido para evitar esa visualización (el dispositivo también se oculta en el juego). Llevar la vista fuera del itinerario marcado ofrece una discontinuidad en el ritmo del movimiento prefijado, en el que lo invisible se vuelve visible, descubriendo las formas de gobernanza sostenidas por la maquinaria fortificada de clasificar el tacto como control/orden entre las cosas, entre los espacios, entre las personas. El exterior y el interior están bien divididos por la línea recta en este punto de la geografía, la frontera sigue sostenida por este corte nítido entre el aquí y el allí. Dentro/fuera. La economía opuesta se mantiene activa en este punto concreto para permitir su progresiva disolución dentro de las formas de vida del presente.

El segundo ejemplo de display, el del monumento erosionado y desaparecido, sigue una forma más sutil de disposición. Su presencia hoy en día se reduce a un relato que se acompaña de un registro fotográfico. Como he comentado, la isla del Congreso ha sufrido con el tiempo una gran erosión al no haber sido habitada. De hecho, ha sido esa ausencia de presencia humana reciente la que ha posibilitado hallar con relativa facilidad evidencias arqueológicas que permanecían ocultas en estratos más profundos. El monumento, al estar más apegado a la vida de los prisioneros confinados en las Chafarinas en 1926, se convierte en un objeto que llega del pasado al presente, como una forma sin forma que no puede encontrar su lugar en un museo de historia. Un artefacto cultural que es solamente desecho, tierra erosionada, rastro inmaterial que no puede ser excavado.

Estas dos formas de display se presentan como interrupción, como síncopa, como una ruptura de la regularidad del ritmo, que nos invita a reflexionar sobre las lógicas de visibilidad y ocultamiento propias del medio expositivo. Los dos ejemplos permiten preguntarnos también por esas lógicas de visibilidad aplicadas con respecto a las plazas en el contexto de la migración, cuando se interrumpe su opacidad por un incidente, una protesta: la llegada y la expulsión de migrantes del lugar. Estos momentos de ruptura, más que hacer visible lo que permanece oculto, muestran la mecánica del aparato. En otras palabras, la suspensión de la opacidad descubre el poder del display cuando la maquinaria del dispositivo entra en crisis.

1020 Items

Marion Cruza Le Bihan fue la última artista que viajó conmigo a Tetuán. Llegó cuando el grupo de lectura ya había terminado y su contribución se incluyó en la última visita prevista cerca de las plazas: las islas Chafarinas. Le propuse acceder a este enclave desde Marruecos, a través de Tetuán, en lugar de hacerlo por Melilla mediante un vuelo directo desde Madrid. Como en el resto de las visitas, me interesaba acercarme a sus alrededores desde territorio marroquí, es decir, transitar y sumergirnos en el contexto donde las plazas se encuentran ubicadas. Marion llegó conmigo a Dar Ben Jelloun el 19 de octubre de 2015 y se marchó el día que yo también volvía a casa, el día 28 de ese mismo mes. Una vez en Marruecos, dividimos nuestro tiempo en dos partes. Durante la primera, nos alojamos en Trankat, desde donde organizamos varias visitas a museos, bibliotecas y archivos públicos y privados. En la segunda, atravesamos la región montañosa del Rif en autobús hasta Nador, una pequeña ciudad cercana a la frontera en Beni Enzar. Desde allí, tomamos un taxi colectivo que nos llevó al cruce fronterizo, que finalmente atravesamos a pie después de pasar un largo control de la policía marroquí y española un viernes a primerísima hora de la mañana, el momento de más fácil acceso, según varias recomendaciones. Caminamos con una mujer que se desplazaba a diario a Melilla como trabajadora doméstica y que nos indicó amablemente el camino hacia la cola de los ciudadanos de la Unión Europea. Una vez al otro lado, Marion sugirió seguir caminando hasta el centro de la ciudad y así lo hicimos. Mucho más tarde, en Bilbao, me habló de este paseo como una de las mejores experiencias de todo el viaje. El paseo nos permitió despojarnos de la ansiedad acumulada al tener que explicar nuestra presencia a la policía fronteriza. Sospechosas de ser periodistas, tuvimos que enfrentarnos a numerosas preguntas sobre nuestras profesiones, el material con el que estábamos trabajando y el tipo de investigación que realizábamos en la zona. Gracias al cansancio de los policías, a los que no quedaba paciencia, después del largo turno de noche, para insistir sobre las respuestas que les dábamos y que no hacían más que crearles mayor confusión, conseguimos finalmente pasar. Durante la caminata encontramos el bar Martínez, donde tomamos un chocolate con churros para desayunar y aprovechamos para llamar a casa.

Decidí invitar a Marion Cruza Le Bihan en relación a su trabajo titulado *1020 Items*, una pieza visual performativa que la artista había desarrollado el año anterior a partir de una serie de imágenes personales de momentos e instantes compartidos, íntimos, que abarcaban un periodo de tiempo concreto. La obra, que inicialmente funcionaba como un montaje en vivo, se presentó en el espacio independiente Le Larraskito Kluba en Bilbao[143].

Preparando la escritura de este libro, revisamos juntas los materiales previos a su contribución al proyecto[144]. El registro de *1020 Items* en Larraskito me ayuda a comprender algunas de las formas e ideas que están en el origen de la contribución de Marion. Su documentación reproduce la distancia que existe hoy con ese momento, una distancia que se hace evidente a través del sonido que da cuenta de la presencia de un grupo de gente, porque se escuchan sus voces al comienzo, el ruido del mobiliario y otros gestos esporádicos. La pieza se despliega a partir de una disposición temporal de imágenes organizadas en diferentes series. El movimiento de cada secuencia se interrumpe con nuevas imágenes que van progresivamente acumulándose: imágenes arbitrarias, algunas de detalles, otras de espacios y momentos personales, otras simples instantáneas de la vida y el trabajo que transcurre durante el tiempo que sucede entre todas ellas. La colección reúne fragmentos que no tienen una lógica de conjunto inicial, pero al que el ritmo confiere una sensación de avance. Los espacios entre las imágenes son los que las dotan de continuidad; el vacío, el tiempo fuera de los encuadres es precisamente lo que las une. A medida que se vuelven más abstractas, más descontextualizadas, el efecto cinematográfico se materializa con mayor fuerza. La pieza se aproxima a lo fílmico como un lugar desde donde poner a prueba sus elementos constructivos y desde donde tomar conciencia de las relaciones de poder que se activan entre texto e imagen. Las escenas grabadas en la naturaleza y el rastro sonoro del teclado que controla el movimiento ayudan a sumergirnos de manera abstracta en la duración fílmica. El paisaje urbano se mezcla más adelante con los fragmentos de la naturaleza. La composición urbana es más bien un collage de las distintas ciudades en las que la artista vive y por las que transita durante el periodo que comprenden las imágenes. Imágenes nocturnas frente a una luminosidad tamizada por los días de invierno. Luz artificial que nos ciega a ratos. Frente a toda esta diversidad claroscura, las manos tienen un protagonismo especial. Se muestran intermitentemente en primeros planos, sujetando objetos, fotografías, guiando el recorrido entre las secuencias. Planos más abiertos invitan a las formas rectas de la arquitectura a mezclarse con las curvas casuales de los objetos, dibujos o contornos corporales. La naturaleza regresa para proponer quedarnos en la belleza de lo informe. Los aplausos de aquella noche resuenan de repente sobre la documentación audiovisual, marcando el final de la pieza.

1020 Items pertenece a un cuerpo de trabajo dedicado a prestar atención a las lógicas del montaje como una operación de ensamblaje entre elementos que inicialmente no presentan relación entre sí. Después de la primera presentación del trabajo, la artista continuó incorporando una nueva serie de imágenes relacionadas con el libro *La métamorphose des dieux* (1957), de André Malraux, que encontró en una tienda de segunda mano de Bilbao[145]. Malraux conocido por sus conexiones con el surrealismo y con figuras como André Breton, Demetrios Galanis, Jean Cocteau y Max Jacob, entre otros muchos, participó en varias expediciones coloniales francesas a partir de las cuales expolió tesoros que más tarde trató de vender a museos europeos. La tienda donde Cruza Le Bihan compró el libro de Malraux está situada en la avenida Sabino Arana, en una zona próxima a una de las principales entradas a la ciudad cuyos vecinos consiguieron, tras años de protestas, que en 2013 se derribara la rampa de la autopista.

La métamorphose des dieux (2014) parte de una estructura similar a *1020 Items*, aunque incorpora diferencias. En este caso, un gran número de instantáneas procedentes de dos fuentes distintas se confrontan siguiendo los preceptos del montaje performativo de *1020 Items*. La nueva pieza toma su título del libro de Malraux y, sacrificando el carácter vivo del montaje, se presentó en Azkuna Zentroa en 2014 como una instalación de doble pantalla. En la pantalla izquierda, el conjunto de fotografías en blanco y negro extraídas y escaneadas del libro de Malraux. Esta serie se titula «Siglo XX». En la pantalla derecha, en un segundo montaje, Marion incluye capturas digitales en color del paisaje urbano en proceso de transformación, una vez el *scalextric* ha sido demolido. Esta serie se titula «2014». La doble pantalla ofrece un montaje que ha de ser ensamblado en paralelo a medida que avanzan las series, una suerte de montaje suave, como diría Harun Farocki, entre las imágenes compiladas. El encuentro de ambos registros provoca lecturas cruzadas. Vistas urbanas e imágenes pretéritas esculpidas en piedra se cruzan de manera fortuita. Vehículos, peatones en tránsito, motocicletas, rótulos y restos de hormigón, que impiden la circulación sobre la zona, se suceden frente a la textura fotográfica de los objetos arqueológicos. Artefactos culturales, piedras talladas, relieves, imágenes grabadas sobre objetos cerámicos. Primeros planos que buscan un encuentro háptico en las superficies. Las imágenes analógicas, impresas con exquisito cuidado, contrastan con el trazo digital precario. El pasado pesa frente a la existencia liviana del presente. Su presencia insignificante se esfuma sobre nuestra mirada, más aún cuando ha sido despojada de la estructura de hormigón que la sujetaba. Parece que pronto no dejará rastro.

Lectura y display

La tarde del 2 de septiembre de 2013, tiempo antes de viajar a Marruecos por primera vez, un grupo de personas se reúne para celebrar la séptima sesión de lectura de *El contrato,* que hemos decidido dedicar a la noción de display. Moderamos esta sesión Beatriz Cavia y yo; el texto que leemos y discutimos colectivamente es el capítulo «Sobre el surrealismo etnográfico», publicado en *Dilemas de la cultura* (1988), de James Clifford. Nada más comenzar, proponemos una nueva metodología para elaborar el acta de la sesión[146]. Para esta ocasión, proponemos trabajar en dos grupos y configurar un par de diarios de campo con las referencias que vayan saliendo. Esta propuesta se inspira en la propia estructura del texto de Clifford, que funciona como un collage de referencias que el autor utiliza para retratar el momento cultural de sus argumentos. Antes del ejercicio, introducimos algunas referencias personales con la intención de activar el cruce de disciplinas y metodologías que aborda el texto. Este cruce opera también de otra forma durante la sesión, entre el comisariado, por mi parte, y la sociología, por la de Beatriz Cavia.

A Beatriz le interesa atender no solo a la historicidad que propone Clifford entre la vanguardia artística y la irrupción y cuestionamiento de la antropología como disciplina a través de otras formas de hacer etnografía (como el surrealismo etnográfico), sino también detenerse sobre los materiales que el autor emplea para elaborar sus argumentos. Se refiere a Clifford como una figura relevante dentro del movimiento de la antropología posmoderna y como alguien que tempranamente reivindicó la antropología como una práctica textual, como una forma de escritura en la que el arte, a diferencia de la ciencia, también tiene una función. No obstante, señala las paradojas de algunos de los ejemplos que emplea Clifford, como el Museo del Hombre, del que, a pesar de su relevancia en los años treinta, el autor omite el hecho de haber expuesto hasta los años setenta el esqueleto, el cráneo y cuerpo de Sara Baartman. Esta contradicción, para Cavia, discurre en paralelo al intento de Clifford de cuestionar las formas de clasificar las culturas, los conceptos con respecto al arte y la ciencia.

Sobre los argumentos de Cavia, añado algunas referencias al contexto de la Exposición Internacional de París de 1937, el año y el momento en que se inauguró el Museo del Hombre. El nuevo museo se instaló en el Palais de Chaillot, el mismo edificio que albergaba el Museo del Trocadero, referente para los autores surrealistas asociados a la revista *Documents*. Dichos autores intentan relacionar el arte con las ciencias humanas como forma de desinstitucionalizar y aplicar una autocrítica hacia sus propias disciplinas y prácticas. El tema de la Exposición Internacional del 37, «El arte y la tecnología en la vida moderna», también parece relevante en este contexto inaugural del museo, donde la influencia del arte junto con los avances científicos se situaba en el centro de la vida moderna.

Cavia se refiere también a los avances (tecnológicos) que se produjeron en la antropología en ese momento, concretamente en la expedición Dakar-Djibouti (1931-1933), donde surgió un nuevo paradigma a partir del cual el punto de vista subjetivo del autor se vuelve parte del informe científico. El nuevo texto de ficción dentro de la etnografía, donde la subjetividad entraba en forma de comentarios o incluso de sueños, transformó las notas de campo en una nueva manera de documentar la investigación científica[147]. Esta original forma de documentación proyectará hacia el futuro una nueva línea de estudio dentro de la etnografía, que pondrá el foco en las condiciones subjetivas y materiales del observador, e incluirá su sesgo en la descripción y recogida de datos.

Con respecto a la exposición, discutimos con el grupo las diferencias entre el Trocadero, más basado en montajes espontáneos propios de un gabinete de curiosidades, y el Museo del Hombre, que mostraba un claro intento de indexación como recurso para institucionalizar las formas expositivas del Trocadero. Nuestra compañera Miren Jaio llama la atención sobre los dos modelos de exposición que propone Clifford, ya que la distinción entre ambos quizás no fuera tan evidente en el momento, teniendo en cuenta que antes de un proceso de clasificación es necesario un proceso de acumulación y por esto ambos museos le parecen más bien la continuación de un mismo proyecto. El collage como método de display en ese contexto podría reconocerse también como un accidente, como algo que se da sin más.

La lectura colectiva del texto se centra en este punto en el ejercicio de proyectar las lógicas del display desde la ficción. El grupo propone ver algunos fragmentos de películas para pensar el display como escenografía a partir de un collage de secuencias. Se comparten fragmentos de *Les statues meurent aussi* (1953), de Chris Marker y Alain Resnais; la escena final, grabada en el Museo del Hombre, de *Chronique d'un été* (1961), de Edgar Morin y Jean Rouch; la película *A Study in Choreography for Camera* (1945), de Maya Deren; *Fuego en Castilla (Tactilvisión del páramo del espanto)* (1958-60), de José Val del Omar, y *The Tarde/Durkheim Debate* (2007). Este último introduce el debate entre Bruno Latour y Philippe Descola sobre la construcción de la división de la epistemología moderna entre naturaleza y cultura, que durante la sesión de lectura se sugiere en línea con el argumento de Clifford sobre la división entre arte y ciencia. El vídeo representa mediante una recreación el debate entre Tarde y Durkheim que tuvo lugar en la Escuela de Estudios Superiores de Ciencias Sociales de París en 1903, poco después de su apertura, un momento fundacional de la sociología, en el que la visión de Tarde perdió, mientras que la de Durkheim y Weber ganó. Su argumento priorizó la estructura y el macrosistema sobre los microgestos al tratar de configurar una definición de lo que implica lo social. En contraposición, Tarde defendía lo micro, la llamada monadología o las unidades mínimas de análisis para explicar lo social. Latour afirma que Tarde no solo protegía lo pequeño, lo micro frente a lo macro, sino la red, las relaciones entre los elementos al tratar de definir lo social. Este argumento parece haber sido excluido de la historia de la sociología y puede interpretarse en línea con los cambios que Clifford propone dentro de la etnografía en los años veinte y treinta, con prácticas como el surrealismo etnográfico, donde se prestó atención a los pequeños gestos, incluso los que salían de la subjetividad del investigador.

Ítems y secuencias de carretera

Varios millares de ítems construyen el relato material de los diversos modelos de display de los museos, archivos y paisajes urbanos y naturales visitados durante la estancia de Marion Cruza Le Bihan en Tetuán y Melilla. Se han mostrado en dos ocasiones, en Trankat y Tabakalera (Donostia), y en cada ocasión se incluyeron cambios relacionados con el contexto específico del visionado, añadiéndose o sustrayéndose algunas imágenes de las secuencias. Las

Chafarinas se despliegan como una cartografía perdida a la que nos acercamos por medios alternativos, como la visualidad que se desprende por ausencia de las numerosas instalaciones dentro de los museos de la antigua Melilla. En este contexto, la historia de la zona se ajusta a las lógicas de la exhibición. Sin embargo, ciertas narraciones e imágenes del pasado y del presente quedan fuera del relato desplegado. El display nos ofrece un espacio desde donde poder ver las islas en el horizonte en un día despejado. En la cara oculta, la valla fronteriza de Melilla también se vuelve perceptible. La mirada se encuentra en la dialéctica que emana de lo visible y lo invisible dentro del espacio construido.

Al otro lado (2015) es el título de una breve película de unos cuatro minutos que la artista monta después de la visita a Melilla. El discurso conocido como «El telón de acero», pronunciado por Winston Churchill en 1946, se encuentra con un coro de voces de mujeres que entonan una canción tradicional búlgara. Las voces se acompañan de subtítulos al castellano en color blanco, que aportan algo de luz al fundido en negro que cubre toda la pantalla. Dos espacios divididos, detrás de la cortina de hierro, donde subyacen los límites de una geografía que se enumera. La voz radiofónica traduce la monumentalidad del corte. Un tránsito, un venir de aquí a allí para verse, para encontrarse, se materializa en las palabras amplificadas. La voz masculina frente al coro femenino, la cadencia, el tono, el vacío y la reverberación que las sostiene demuestran que pertenecen a mundos diferentes. La dicción como materialidad de la historia amplificada y reproducida simultáneamente desde infinitos instantes, frente a la oralidad que se desvanece en la trasmisión del boca a boca. «Nadie quiso escuchar, [...] no podemos permitir que suceda otra vez». Sobre las palabras de Churchill se muestra la única escena del film. Grabada desde la ventanilla de un coche que circula a lo largo de una carretera que sube desde la Ciudad Autónoma de Melilla hasta el monte Gurugú, las evidencias materiales del tiempo histórico erigido dejan un rastro esquivo sobre el paisaje en movimiento de una mañana soleada de otoño.

5

SAN PIETRO IN MONTORIO: SOBERANÍA

(EPÍLOGO)

Jueves, 6 de mayo de 2021

Al terminar mi tiempo de escritura en la biblioteca, en el trayecto desde el altillo al espacio central, voy leyendo la siguiente lista:

S. M. la reina Margarita de Italia, junio de 1883

S. M. la reina Margarita de Italia, febrero de 1901

SS. MM. los reyes de Italia, Víctor Manuel III y Elena, diciembre de 1910

S. M. la reina Margarita de Italia, 12 de mayo de 1914

S.M. el rey don Alfonso XIII, 23 de noviembre de 1923

S. M. doña Victoria Eugenia de Battenberg, reina de España, 1956

S. A. R. don Juan de Borbón, conde de Barcelona, 1956

SS. MM. los reyes don Juan Carlos I y doña Sofía, 30 de septiembre de 1998

S. M. el rey don Juan Carlos I, 25 de mayo de 1999

S. A. R. don Felipe de Borbón, príncipe de Asturias, 30 de octubre de 2001

Una vez abajo, acompañando a la figura del *Dante pensativo,*
la siguiente proclama:

NO TO SPECTACLE

NO TO VIRTUOSITY

NO TO TRANSFORMATIONS AND
CHRONOLOGICAL AND HISTORICAL
SOURCES

NO TO THE IMPORTANCE AND
TRANSCENDENT STATUS OF
THE AUDIENCE

NO TO BODY IN MOTION

NO TO ANTI-MOTION

NO TO TRENDY IMAGERY

NO TO INVOLVEMENT OF PERFORMER
OR SPECTATOR

NO TO MUSIC

NO TO COSTUMES

NO TO INVOLVEMENT OF SPECTATOR
THROUGH THE WILES OF
THE PERFORMER

NO TO MOVING OR BEING MOVED

NO TO AUDIENCE

La primera lista recorre las leyendas de las imágenes que documentan las visitas de varios soberanos a la Academia de España en Roma. La segunda reproduce una pieza que el artista Joan Morey desarrolló en 2015 a partir del *No Manifiesto* (1965) de Yvonne Rainer y que se muestra en una de las paredes de la sala de lectura de la biblioteca. Leo más tarde lo que escribe Rainer sobre su «infame» *No Manifesto* —así lo califica ella— en *Feelings are Facts: a Life* (2006):

> Nunca intentó ser prescriptivo para todos los coreógrafos, sino más bien hacer lo que la tradición de los manifiestos siempre ha pretendido: aclarar las cosas en un momento cultural e histórico concreto. Espero que algún día el mío quede enterrado[148].

Escritura espejo

Escribir es una cuestión de forma o, mejor dicho, de estructura. De relación con un lugar, el lugar desde donde se escribe. Comencé a escribir este libro en la segunda planta de la biblioteca de la Academia de España en Roma. Un tiempo robado a otras tareas, una serie de rituales de entrada y salida del texto, el aire caliente de la calefacción que tenía a mi espalda y me subía por el cuerpo hasta despeinar mi pelo suelto durante los meses de febrero, marzo, abril..., el gran tragaluz del techo que hacía posible, en invierno, no encender la luz hasta las cuatro de la tarde, la amplia mesa, el calor asfixiante del verano. Estas eran las condiciones materiales que propiciaron la ocupación de este lugar desde la escritura. Todo quedaba intacto cada día, no quería dejar huellas de mi paso. Algunos libros ajenos me acompañaron sobre la mesa, cual atrezo, durante todo ese tiempo, para recordarme el deseo imposible de la escritura de retener un movimiento (¿quién habría usado este espacio antes que yo?):

Journal de Nijinsky, Gallimard, 1953.
¡Qué Pas de Trois!: Alicia Alonso, la Revolución Cubana y Jorge Esquivel, de Antonio J. Molina, 1993.
In All Of Ballet, There is Only One Perfect Word... Nijinsky, The Film Text, de Roland Gelatt, 1980.

Durante meses ocupé el altillo de la biblioteca de manera furtiva. A veces permanecía casi a oscuras, disfrutando cuando algún usuario entraba y, sin darse cuenta de que había alguien arriba, encendía la luz y, tras un rato, al irse, la apagaba.

Escribir es una cuestión de forma o, mejor dicho, de estructura. De relación con un tiempo, el tiempo que transcurre durante la escritura. Un tiempo y un espacio que no me pertenecen, al menos todavía no. A veces hablo con amigas que escriben sobre este sentimiento de desposesión. Algunas autoras han profundizado sobre esto. Trinh-T. Minha en *Woman, Native, Other: Writing Postcoloniality and Feminism* describe el sentimiento de culpa de la mujer que escribe. ¿Por qué escribir?, ¿para quién?, ¿qué escribir?, ¿qué necesidad hay? Minha navega a través de estas preguntas junto a las voces de aquellas que también han sufrido la dificultad de hacer compatible la escritura con la idea de trabajo, entendiendo trabajo como tarea remunerada que hace posible que la escritura se convierta en una profesión. La escritura también se aleja del trabajo de reproducción, porque reclama tiempo frente a las innumerables tareas de los cuidados. Entonces, ¿qué es la escritura? Ser una mujer del Tercer Mundo que escribe ayuda a aliviar la culpa[149], dice

Minha. Esta sensación viene propiciada quizás por el hecho de que la escritura a menudo se vive como una tarea inútil que sucede fuera del horario laboral o como una tarea añadida, algo que cae fuera de las demarcaciones del tiempo del trabajo diario que otros desempeñan. Con ese mismo sentimiento de culpabilidad escribo yo también.

Escribir implica leer. El tiempo invertido entre la lectura y la escritura da cuenta de lo segura que una se siente a la hora de defender el lugar que ocupa. La escritura en definitiva sucede en la búsqueda de una voz, de las palabras, de las frases, en el ejercicio de «poseer y despojarse del poder de la escritura». Cuando empecé a escribir, justo en el momento en el que me separaba del texto, las palabras, las frases se abalanzaban sobre mí como si fueran *flashbacks*. Me obsesionaba la forma de cada expresión, el sentido y el sonido de cada palabra, lo peor eran las preposiciones. Si tenía que salir a la calle por algún motivo, estas visiones sintácticas me perseguían. No sé cómo no fui atropellada por algún vehículo, tan ensimismada y poseída por aquellas formas incipientes. Poco a poco estas imágenes obsesivas fueron desapareciendo a través del hábito, de la repetición y la práctica. Ya podía salir del texto a la calle tranquila.

Escribir es también estudiar e impregnarse de otras voces. Un juego infinito de espejos. La escritura muestra escrituras como aquel reflejo perpetuo que se repite entre dos espejos. En mi habitación de la Academia no había espejo y quizás por ello estos empezaron a ocupar espacio en mi pensamiento. Quise probar algo que finalmente no hice: proyectar alguna secuencia de *Sun Ra and his Arkestra in Egypt and Italy* (1971) sobre una textura espejada, sobre una bola de discoteca. Me fascinaba el momento en el que la cámara captura en blanco y negro el paso de la banda a través de un arco de piedra. Los trajes y capas luminosas hondean al viento, la percusión acompaña el paso al otro lado. Quería proyectar estas imágenes sobre una superficie de miles de espejos, reproducir y fragmentar infinitamente la última mirada hacia atrás de Sun Ra antes de atravesar el umbral con su capa deslumbrante. Multiplicar su gesto de despedida antes de cruzar la línea. Fantaseé durante tiempo con la proyección de esta perforación fílmica sobre las paredes, los ventanales del gran estudio de la torre, sobre la ciudad de Roma (Babilonia) a oscuras, sobre una posible desintegración de la imagen en múltiples partículas, en infinidad de planos sesgados.

En el palacio Doria Pamphili disfruté con la desorientación del espacio en la galería de los espejos, aunque la iluminación anaranjada no permitía entrar en el juego de la desorganización del tiempo cronológico. Por el contrario, me quedaba anclada en la musealización del pasado, sin poder diluirme en el espacio virtual del otro lado.

Un espejo de grandes dimensiones sobre la iconografía católica trastornó mi interés por los reflejos. El gran espejo que descansa oblicuo sobre la nave central de la iglesia de San Ignacio de Loyola en Roma ayuda a contemplar sin esfuerzo la imagen total de la expansión del nombre de Dios por el mundo. La empresa colonial y su nueva concepción de la Tierra y de los seres que la habitan caben en un solo reflejo. Una de tantas imágenes que dan cuenta de las bases del canon moderno occidental y de la construcción de un nuevo orden, de una forma de control sobre todo aquello de lo que quiere apoderarse, de una constante devaluación de lo que desea para su sometimiento. La aparición del sujeto político moderno, diría Sylvia Wynter, sobre el plano inclinado de la gran luna pulida.

Mi ocupación del tiempo en la biblioteca empezó, entre el piso de abajo y el altillo, a partir de varios materiales de estudio. Entre ellos, el expediente de uno de los becarios de la Academia, César Álvarez Dumont, y la lectura combinada sobre la noción de soberanía en dos autores, George Bataille y Sylvia Wynter. La cronología lineal marcada por los pies de foto del trayecto hacia el altillo me perturbaba de igual manera que la imagen total reflejada en el gran espejo de la nave de la mencionada iglesia. Durante los primeros meses, a la entrada y a la salida, pensaba en cómo podía contrarrestar esta cronología construida de fragmentos para dejar ver la continuidad interrumpida de las formas de vida que quedan fuera de su lógica e influencia. Pensé en emplear la táctica del reflejo para provocar un efecto de distorsión. Rescribir las mismas fechas señalando otros acontecimientos históricos o incluso sucesos sin relevancia. Intervenir sobre los huecos temporales delimitados por las fechas de las leyendas. Exponer, sacar fuera la experiencia interior que transcurre lejos de la escenografía del poder.

La vida fue, finalmente, saliendo fuera de las imágenes hasta hacerlas invisibles de pura repetición. Mi intervención se decantó por la lectura frente a la escritura. Abajo estudiaba el expediente de Dumont y leía oculta en la oscuridad de las tardes en el espacio al final de las escaleras: *Lo que entiendo por soberanía* (1996), de George Bataille y «New Seville and the Conversion Experience of Bartolomé de Las Casas: Part One and Two» (1984), de Sylvia Wynter.

El arte del gobierno

Cuando las Cortes de Cádiz, primera asamblea moderna, nacional y soberana de España, se trasladaron a Madrid a principios de 1814, no contaban con un edificio en el que ubicarse. Por ello, las primeras sesiones parlamentarias se celebraron provisionalmente en un antiguo teatro madrileño, en el solar que hoy ocupa el Teatro Real[150], y después en la iglesia del convento de María de Aragón, que luego sería el Senado. La Constitución de 1812 fue una carta escrita no solo para España sino también para las colonias[151]. Su redacción incluyó a representantes iberoamericanos y fue jurada en varios territorios de América y en Filipinas. En concreto, esta será la carta constitucional que perdurará en países más tarde independientes como México, donde permanecerá en vigor desde 1821 a 1823. La conformación de un Estado nación a través del texto de 1812 conllevó numerosos debates y conflictos relacionados precisamente con la definición del concepto de nación frente a otras realidades colectivas que, más allá de la Península, se relacionaban con la presencia de los pueblos indígenas y el uso comunal de las tierras que ocupaban. Estos modelos fuera del precepto moderno del Estado nación chocaron desde sus orígenes con el modelo homogéneo que trataba de replicarse desde Europa. Dichas dinámicas homogeneizadoras comprenden lo que algunos autores —reclamando la atención sobre el modo a través del cual las antiguas políticas coloniales se acaban transfiriendo dentro de las formas de gobierno en los Estados emergentes— definen como colonialismo interno[152]. Una estructura de poder interno que se aplica sobre las comunidades indígenas y afrodescendientes y que perdura de manera activa en el presente.

En 1882, el Senado inició, con artistas contemporáneos, una colección de pintura histórica con la intención de dignificar la cámara, decorar las salas y constituir una pinacoteca pública. Incluía un amplio número de obras que representaban las crónicas diarias de la cámara junto a una galería de retratos de sus principales figuras. Años más tarde, tras la dictadura franquista, la colección incorporó pintura y escultura con que representar a las Comunidades Autónomas. Llegaron así obras de prestigiosos artistas como Francisco Iturrino, Juan Gris, Joan Miró, Antonio Tàpies o Eduardo Chillida[153].

Es interesante reconocer el papel que tuvo la pintura de escenas históricas en términos estéticos e ideológicos en el contexto de la definición de una colección de arte para la institución que, junto al Congreso, representa la voluntad popular. El historiador Carlos Reyeros aporta, en el catálogo *El arte del Senado*, algunas claves para entender el carácter épico de este género —acompañado de una rigurosa documentación arqueológica e histórica sobre objetos, trajes y figuras relacionados con las épocas representadas—, crucial en la formación estética de una conciencia colectiva, nacional y soberana. Gracias a la representación de una teatralidad excesiva, que aportó humanidad a los protagonistas de los grandes momentos, la pintura de historia se fue ganando la empatía del público y el consenso popular ante el imaginario emergente. La urgencia de compartir y construir un pasado histórico común, nacional y patriótico fue el principal objetivo de estas obras. Los temas históricos a los que se recurrió para construir visualmente la idea de nación fueron, por ejemplo, la independencia frente a Francia, el descubrimiento de América, la representación de la voluntad popular en la Constitución o la presencia de las mujeres en la monarquía[154]. En cambio, en la colección hay tan solo dos imágenes que hacen referencia a la historia colonial de España en África. Estas son: *Episodio de la guerra de África en 1860*, de César Álvarez Dumont (1889), adquirida por el Senado en 1908, y una réplica mucho más pequeña pintada el mismo año por el mismo autor, pero comprada por el Senado mucho más tarde, en 1995.

El interés que subyace a la adquisición de este cuadro en particular, en un momento de desprestigio de la pintura histórica, es contextualizado por Reyeros en relación a las diversas batallas que tuvieron lugar en los alrededores de Melilla en el momento de su producción. Señala, además, el modo en que las pinturas de referencias africanas se expandieron más allá del canon de la pintura de historia y abrazaron otros géneros pictóricos, como el realismo o el orientalismo, debido a la tendencia hacia los temas coloniales en el contexto artístico internacional. De hecho, el pintor trabajó en el lugar tras obtener permiso para trasladarse a Tánger en 1897 siendo becario de la Academia Española en Roma. Aparte de este cuadro, el tema colonial africano no está representado en la colección del Senado. Su visualidad queda relegada a un segundo plano[155].

Realicé varias fotografías de la reproducción del cuadro en el catálogo del Senado durante una consulta en una biblioteca de Madrid. Estas serían las imágenes a las que recurriría cada vez que tratara de pensar sobre ellas. En ese momento, estaba obsesionada con la idea de establecer una relación física con las imágenes que decidiera emplear en mi tesis. Pretendía generar un vínculo material con la imaginería que iba emergiendo del estudio. Esta misma idea me llevaría más tarde a invitar a artistas a acompañarme a los enclaves del norte de Marruecos y a producir una documentación de proximidad en la que se incluyera nuestra propia presencia en el lugar. Durante mi investigación, y antes de mi estancia en Marruecos, acudía a las imágenes que tomé del cuadro de Dumont en busca de un acercamiento a su representación. Sin embargo, por mucho que las observaba, no conseguía descifrar su mensaje. Este acercamiento virtual no me ofrecía mayor claridad, sino que provocaba en mí cada vez más preguntas.

Una sensación ambigua en la escena del cuadro congela el movimiento de la acción borrando los límites entre los cuerpos. Su composición remite a la triangulación que el icónico pintor Eugène Delacroix, emplearía en el famoso cuadro *La Libertad guiando al pueblo* (1830)[156]. La escena del lienzo de Delacroix se despliega sobre una base formada por una amalgama de cuerpos que yacen en el suelo sobre la que se erige la Libertad, encarnada por una mujer portando la bandera francesa. El pueblo se levanta en armas y se alza como el nuevo portador del poder soberano. Esta escena alegórica es sostenida por un área visual con forma de triángulo equilátero, es decir, compuesto por tres lados iguales. Una forma equilibrada de representar la importancia por igual de todas las partes implicadas en la sublevación y de enmarcar el área central de la escena.

La forma geométrica se repite en la escena de Dumont, pero en este caso se trata de un triángulo escaleno, es decir, con los tres lados diferentes. El vértice más elevado se desplaza del área central del lienzo por la geometría elegida. En este caso, un hombre a caballo carga con una bayoneta contra la masa que se abalanza sobre él. En la base, como en el cuadro de Delacroix, yacen cuerpos en el suelo. A lo lejos, la bandera de España, fuera del área trazada por el triángulo. El triángulo de lados desiguales es considerado una de las figuras geométricas más resistentes que existen a nivel constructivo. Sin embargo, desde la perspectiva representacional, la desigualdad nos lleva a suponer un desequilibrio entre las partes. El foco de la mirada se desplaza sobre la parte más elevada y la base. El lado más largo sostiene la verticalidad. En la escena resulta difícil discernir el límite de los bandos. Sin embargo, el movimiento central queda enmarcado reclamando atención sobre la táctica militar de la carga de la bayoneta. Reyeros destaca este detalle como uno de los episodios más sobresalientes de la guerra de África. El cuadro de Dumont refleja un momento de superioridad del frente del Rif, que aparece portando el mismo tipo de armas que el ejército español, pero a caballo. Dumont podría hacer un guiño a Goya con esta escena, concretamente al cuadro *El 2 de mayo de 1808 en Madrid* (1814), en el que se representa un levantamiento a partir de, también, cuerpos caídos y un primer plano con los insurgentes españoles a pie atacando al ejército francés a caballo, compuesto por esclavos guerreros provenientes de diversas regiones conquistadas en Oriente. En el cuadro de Dumont queda enfatizada la confusión entre los bandos. La diferencia entre ellos aparece delimitada por el color que se emplea para retratar los tejidos de la vestimenta que cubre los cuerpos. Rojo, amarillo suave, blanco, azul y negro. Los detalles del bando rifeño adquieren mayor relevancia pictórica frente a la presencia militar española que se sumerge en una masa de color apagado. Los detalles de unos contrastan con la borradura del otro. Se trata de una guerra de influencia entre fondo y figura.

NADA

La expresión última de la soberanía reside ampliamente en el poder y la capacidad de decidir quién puede vivir y quién debe morir. Hacer morir o dejar vivir constituye, por tanto, los límites de la soberanía, sus principales atributos. La soberanía consiste en ejercer un control sobre la mortalidad y definir la vida como el despliegue y la manifestación del poder[157].

El ensayo de Achille Mbembe *Necropolítica* utiliza los términos necropoder y necropolítica en lugar de biopoder o biopolítica para entender los orígenes de las formas violentas contractuales legitimadas entre Estados que luchan entre sí por reivindicaciones fronterizas. Frente al control de la vida propuesto por el concepto foucaultiano de biopoder, Mbembe presenta el poder sobre la muerte como un medio de ejercer la soberanía. La conexión entre terror y razón es, para el autor, un componente fundamental en la evolución moderna de la política, no solo en términos de dominación sino incluso de emancipación. Dentro de esta lógica, la contribución de Mbembe a la pregunta qué es la soberanía aporta una nueva mirada a través de la cual prestar especial atención a la idea de excepción y a la idea del poder de la muerte, aplicada precisamente dentro de la relación política desigual que siempre hay entre el norte y el sur, entre Europa y África. El estado de excepción es, para Mbembe, una institución emblemática para ejercer la soberanía y conecta su dinámica con la historia de la esclavitud y con el contexto violento de la plantación, donde el sujeto esclavo experimenta no solo una pérdida de hogar, sino también de derechos sobre su cuerpo y su estatus político.

La plantación como constructo moderno supone una expulsión fuera de la humanidad, ya que su explotación supone, como señala Susan Buck-Morss, una contradicción ontológica que se debate entre la libertad de propiedad y la libertad de la persona[158]. Tanto la plantación como las colonias son constructos derivados del estado de excepción, una de las competencias del poder que la soberanía moderna reivindicará como propia. Las guerras coloniales alimentan la idea de un enemigo absoluto al cual someter. Los imaginarios que ayudan a sostenerla reproducen la división entre lo propio y lo ajeno, entre lo conocido y lo desconocido, monumentalizando la diferencia, generando la imposibilidad de una identificación.

Mbembe se centra en la noción de cuerpo cuando aplica su pensamiento sobre la soberanía en términos necropolíticos en nuestro marco político contemporáneo. El cuerpo herido o asesinado en el nuevo orden tardocapitalista es expulsado y condenado a morir. Centrándose en el cuerpo y no en el sujeto, Mbembe pretende desmitificar la noción de sujeto como entidad veraz y autónoma y destacar, en su lugar, las influencias y procesos que lo moldean. En lugar de reconocer la soberanía como una expresión política que pretende moldear sujetos autónomos, propone considerarla como un conjunto de normas que los atrapa dentro de unos parámetros predefinidos.

Las técnicas militares aplicadas en la primera guerra del Golfo también sirvieron de contexto de fondo para los argumentos sobre la guerra, el derecho y la soberanía dentro del pensamiento de Jean-Luc Nancy. Para el filósofo, la guerra global es un escenario de lo común, sin el cual no hay derecho, y está estructurada por la red tecnoeconómica y la supervisión de los Estados soberanos[159]. Igualmente, Nancy aprecia en la globalización un cierto desplazamiento del concepto de guerra y, por consiguiente, de la noción de soberanía. Señala el espacio vacío presente en el esquema de guerra global, «un espacio que no se corresponde con el espacio de la guerra de los pueblos, sino con el espacio de un desierto vacío». Dentro de esta comprensión conceptual de las tecnologías de la guerra global, Nancy introduce la idea de «régimen de soberanía sin soberanía» un proceso de la economía política neoliberal que ocupa o, mejor dicho, vacía el lugar de la soberanía. Esta tendencia produce un lugar vacante de soberanía que debe entenderse como el vaciamiento de un proyecto común. Ante esto, Nancy reclama retomar el tiempo. Una propuesta en sintonía con la idea bergsoniana del tiempo como la única subjetividad posible. En otras palabras, el tiempo no cronológico que señala también Deleuze en sus *Estudios sobre cine:* «La interioridad en la cual somos, nos movemos, vivimos y cambiamos»[160]. Un tiempo que transcurre al margen de la operatividad. Que corre paralelo al transcurso de cualquier acción. Un tiempo que no sirve para nada porque queda fuera de la lógica de la producción. George Bataille examina las complejidades políticas del concepto de inutilidad. Para Bataille, «el allá de la utilidad es el dominio de la soberanía»[161] y afirma que «ser soberano es gozar del tiempo presente sin tener en vista otra cosa que este tiempo presente», de hecho, contrapone la potencialidad del tiempo presente con la idea de conocimiento. El conocimiento como algo que se plantea como una operación subordinada, siempre sujeta al dominio del futuro sobre el presente. Bataille describe un tipo de saber que opera como un no-saber, que provoca la disolución del momento del conocimiento en la NADA. Esta noción de NADA —escrita toda en mayúsculas por el autor— se transforma en el régimen en el que situar la soberanía. La imposibilidad de encontrar ningún tipo de utilidad de esta NADA es donde descansa el potencial real de la soberanía.

Existencia interior – vida humana

Para Bataille, la escritura es tanto una actividad funcional y útil (una forma de trabajo) como todo lo contrario (un juego), «una tierra de nadie entre el saber y el no-saber, entre el trabajo y la fiesta»[162]. En su edición de *Lo que entiendo por soberanía*, Antonio Campillo presenta la postura de Bataille ante al concepto de soberanía desplegando sus ideas sobre la escritura. La escritura está inscrita en un problema de horario, una dinámica entre uso y gasto, entre productividad e inutilidad. La soberanía, al igual que la escritura, también implica ganancia, pero en su formulación utópica puede sugerir todo lo contrario, pérdida, donación, sacrificio, una apuesta por la impotencia. La escritura como gasto, como pérdida, ofrece, según Bataille, otra relación con el tiempo, una toma de conciencia de la existencia interior. De esta forma, se convierte en el reflejo de esa experiencia interior, no como una sensación de sí misma libre y verdadera, sino sujeta a unas formas concretas de exterioridad. La escritura puede, en su forma utópica, ayudar a interrumpir las formas materiales a las que se ve sometida la existencia interior. La escritura es un tiempo dentro del tiempo, como el film dentro del film que propone Deleuze, un *flashback*, un reflejo que da cuenta de lo que hay, frente a lo que podría haber. Una nueva relación con las cosas, nuevas formas de pensarnos también. Bataille se aleja de la concepción de la soberanía tradicional, aquella que emplean los Estados, bajo el marco jurídico del derecho internacional, para apuntar a aquello en común o, más bien, a esa NADA que comparten todas las personas. Una potencialidad, más que algo real. La posibilidad de proyectar otras formas de relación con el mundo exterior. La noción de soberanía de Bataille se inscribe por ello en un espacio indeterminado entre lo real y lo virtual, entre lo que es y lo que podría ser. Pero ¿por qué lo que es es de tal forma y no de otra? ¿Por qué lo que podría ser no altera lo que es, lo transforma haciéndolo desaparecer? La experiencia interior, nos advierte Bataille, responde justamente a la necesidad de la existencia humana de ponerlo todo en tela de juicio[163].

Algunos escritos de Sylvia Wynter acompañaron —de manera accidental, primero, y progresivamente de forma más consciente— mi lectura sobre el concepto de soberanía de Bataille. La pregunta de Wynter sobre cómo salir de la episteme económica reclamaba mi atención sobre la realidad desigual entre los dos extremos que distinguen la soberanía según Bataille: el soberano (quien consume y no trabaja) y el esclavo (quien trabaja y reduce su consumo a lo imprescindible para subsistir y trabajar)[164]. En una larga entrevista con David Scott, Wynter desgrana sus ideas sobre la soberanía y su conexión con el concepto de humanidad. Frente a la soberanía política inscrita en el surgimiento del Estado o la soberanía económica producto del dominio del libre mercado, la autora propone la soberanía ontológica. Una forma de entender la soberanía que reclama salir por completo de la concepción actual de lo que entendemos por ser humano[165]. Wynter propone revisar el origen del humanismo europeo en el Renacimiento, y lo inscribe en los orígenes del proyecto de expansión colonial. Su crítica insiste, más allá de una deconstrucción del término, en la aspiración de un humanismo ideal, en palabras de Scott, «un ideal disonante, no identitario, al mismo tiempo que un humanismo global y planetario». Tratando de rastrear las hegemonías ideológicas —raza, sexo y religión— inscritas históricamente en el concepto de lo humano, el interés de Wynter en un nuevo humanismo transciende la materialidad del cuerpo para alcanzar otras posibilidades sobre su significado. Su perspectiva analítica está atravesada por su propia existencia, por la evolución de una interioridad que emerge desplazada de la posición eurocentrista, una posición que va conformándose a través de un crecimiento en paralelo con las luchas anticoloniales de Jamaica en la década de los cuarenta del siglo pasado. Un contexto político y social de empoderamiento respaldado por el *fin* del colonialismo. Un contra-espacio, un lugar nuevo desde el que entender el mundo. La energía analítica de Wynter enlaza en sus orígenes con el movimiento de autodeterminación de la conciencia colectiva del Caribe y, más tarde, con un constante desplazamiento personal y diversas estancias, primero, en varios países en Europa y África y, después, de nuevo en el

Caribe y los Estados Unidos. Su formación académica también implica un desplazamiento de partida, ya que estudia literatura moderna y se especializa en la literatura española del Siglo de Oro. La lectura de textos provenientes de dicho contexto histórico dará a Wynter acceso al código teleológico que define el humanismo liberal emergente de la Europa colonial. Un humanismo encapsulado frente al miedo de todo aquello que representa el mal frente a los intereses de las clases dominantes. Un humanismo que sostiene la producción de un espacio político sometido al orden económico y la concepción de un *homo economicus* como principal definición de lo que es un ser humano. La mirada de Wynter sobre la concepción histórica de lo humano no se quedará en la crítica sobre sus connotaciones. Lo que busca es una rehistorización, una nueva conceptualización, un cambio de significado y con todo ello, nuevos códigos de gobierno. Su escritura y su vida están dedicadas a este proyecto, a esta resignificación que transita entre la crítica y la proposición, entre la denuncia y la imaginación radical, entre lo que es y lo que podría ser.

El tiempo en que transcurre toda escritura y su relación con la experiencia interior tiene por lo general una duración prolongada, aunque siempre va a estar sometida a cierta discontinuidad producida por la infinidad de interrupciones que sujetan materialmente a la persona que escribe al mundo exterior. La escritura es forma, estructura, pero también montaje entre elementos y tiempos. Una operación de ensamblaje de ideas, textos, evocaciones e imágenes. Los fragmentos enlazados a veces discurren a partir de la existencia interior, dejándola fluir cada vez que se retoma la labor tras las interrupciones. Otras veces emergen del exterior, incorporando vivencias, incidentes, consejos, referencias compartidas, imágenes nuevas que impactan sobre ella y la interrumpen.

Durante los últimos meses de escritura, llegaban unas imágenes a través de la prensa concernientes a la crisis de las fronteras de Europa con África, en concreto, desde la frontera de Melilla. Unas imágenes que dan cuenta del espacio físico entre dos países, entre la arquitectura que sustenta la clasificación sin-sentido de la ciudadanía y las leyes que ocultan sus consecuencias violentas. Un espacio ambiguo que emerge entre las líneas de demarcación de dos territorios nacionales contiguos. Un área extremadamente peligrosa entre dos realidades. La investigación de la tragedia de Melilla (junio de 2022) seguía sin resolverse enfrascándose en un debate sobre los límites territoriales de ambos países, sobre ese estrecho espacio entre sus fronteras. Un debate que una vez más dejaba claro la importancia del argumento de la clasificación a la hora de exponer el orden de las cosas. Sylvia Wynter se pregunta de dónde proviene el sistema de clasificación en su carta «No Humans Involved. An Open Letter to my Colleagues» (1994), escrita a sus colegas académicos en el área de humanidades después de que el jurado absolviera a los policías implicados en el caso de la paliza al afroamericano Rodney King en la ciudad de Los Ángeles (1991). La prensa desveló cómo funcionarios del sistema judicial de Los Ángeles empleaban el acrónimo N.H.I. (No Humans Involved) para referirse a cualquier caso relacionado con jóvenes afroamericanos sin trabajo en los guetos de las grandes ciudades. Wynter escribe su carta como una petición de redefinición de la propia idea de las humanidades, preguntándose por la educación y el conocimiento que sustenta la mera posibilidad de la aplicación de esta categoría. En el texto, la autora emplea el concepto de *inner eye* (ojo interno) en referencia a la estructura cultural que respalda el sistema clasificatorio como posibilidad. Un orden que evoca una idea para la humanidad que se entiende como evolución. Una evolución que devalúa lo humano en tanto que promueve una relación comparativa entre ser *más* o *menos* humano. El «ojo interno» regula la interioridad, «los límites de lo que vemos, sabemos, hacemos, en base a un orden nacional, global, los límites por lo tanto de lo que entendemos por verdad»[166]. Un sistema clasificatorio que permite, según Wynter, que algunas personas al margen del régimen económico sean reconocidas *erróneamente* «como extranjeras, como extrañas, como si fueran de una especie diferente, extrañas no por ser foráneas, en realidad, sino porque el grupo dominante estaba alienado de ellos por una antipatía tradicional».

La indumentaria de Wad-Ras

Una de las tareas que ha interrumpido la escritura de este libro ha sido la producción de la obra *Trabajo de estudio* que realicé junto a la artista textil Teresa Lanceta desde diciembre de 2019 hasta mayo de 2021. Este proyecto había surgido dentro del marco de la exposición retrospectiva de su trabajo que preparaba para el MACBA, de Barcelona, y el IVAM, de Valencia, junto a las comisarias Nuria Enguita y Laura Vallés y en la que se incluían, además de obras de la artista, un conjunto de nuevas producciones realizadas con otros autores. *Trabajo de estudio* proponía abrir un diálogo periódico *online* de una hora de duración máxima cada quince días sobre nuestras propias prácticas. Cada sesión se grababa y posteriormente se transcribía con la intención de generar con el material una instalación.

Las sesiones discurrían a partir de una estructura cronológica decidida entre ambas. Una cronología acordada con la intención de delimitar momentos relevantes para las dos respecto a nuestro hacer artístico. Así, la cronología compartida arrancaba en el año 1972, cuando Lanceta comienza a tejer, y llegaba hasta el presente, saltando entre fechas caprichosas que íbamos acordando sobre la marcha. Cada sesión, por lo tanto, marcaba una fecha o un periodo concreto dentro de la línea de tiempo establecida y seguía una metodología conjunta: cada una traía (sin que lo compartiéramos previamente) un objeto, una referencia artística, un suceso, una vivencia que ayudara a situar el desarrollo de nuestras prácticas en ese momento concreto. Nuestro dialogo surgía así en torno a una fecha (referida al pasado pero que tenía lugar en el presente) y a propósito de lo que cada una traía. Nos interesaba alcanzar una idea de tiempo difícilmente aprehensible, un tiempo presente a la vez que expandido, el tiempo de una práctica, un tiempo que en su inicio todavía no delimita ni define un hacer. Entonces, ¿cómo saber dónde está la práctica? ¿Cómo definir el camino? Y, sobre todo, ¿cómo hablar más tarde de ese deambular, de ese tiempo sin forma, de ese tiempo profundo que está detrás del tejer, detrás de la escritura también, de ese tiempo que está más allá de un cuerpo, de una voz, de las manos de la tejedora?

Los primeros años, para mí, suponían hablar de la infancia, indagar en aquello latente en los juegos, en una sensibilidad incipiente que aún no se traducía en nada. Para Teresa, también resonaba esa nada en su hacer de los primeros años, un hacer que era un sentir y vivir el tiempo sin una intención trazada de manera clara. El textil no tenía entonces un lugar en el arte, el trabajo de estudio sucedía en un tiempo interior que no encontraba una ubicación segura en el espacio exterior del sistema artístico.

Las sesiones transcurrían generando infinidad de capas temporales, entre pasado, presente y futuro, trazando también un espacio de conversación compartida en la que se incorporaban preguntas que surgían en conexión con otros trabajos, con otras prácticas. En la sesión del 19 de noviembre de 2020 decidí compartir la imagen del cuadro *Episodio de la guerra de África en 1860* de Dumont, que algunos años antes había tomado del catálogo *El arte del Senado*. Había descartado la inclusión de esta referencia en el manuscrito final de la tesis (origen de este libro), pero la imagen seguía generándome gran interés por su ambigüedad. La fecha que enmarcaba la referencia era 1985-1990. La conexión entre el cuadro y nuestra cronología personal es algo arbitraria. Enlazaba con las temporadas de residencia de Teresa en Marruecos, que coincidieron con la promulgación de la ley de extranjería de 1985 (después sustituida por la Ley Orgánica 4/2000). Para esa sesión, Teresa trajo la *Handira*, una pieza textil que encontró en Marrakech y que para ella ha supuesto uno de los hallazgos más importantes de su vida. Un objeto que «me hizo ser lo que soy». Teresa habla de esta pieza de la siguiente forma:

Encontré en esta *handira* un objeto que dice cosas. Dice su origen geográfico y social y las cualidades artísticas de su autora, si está más apegada a la tradición o menos apegada, y dice de su ecología, porque el trabajo protege la fibra y la materia prima, no es una cosa que podamos obviar.

Después de explicar mi relación con la imagen del cuadro de Dumont y mi conocimiento sobre el contexto de su producción, le pregunté a Teresa por su opinión acerca de la ambigüedad en la obra. Su manera de entrar en la imagen a partir de mi introducción inesperada de esta referencia fue observar la indumentaria retratada. Detalles que dan cuenta de un orientalismo que disimula el colonialismo a través de la admiración:

No es un español el que está encima del caballo ganando la batalla con todo el esplendor de su indumentaria, de sus armas decoradas y de su pura sangre, es un *sheik*, es un jefe encima de muertos, ninguno español [...]. Hay una promesa o un orgullo de conquista. La indumentaria de los que luchaban no era tan lujosa ni tan orientalista como en el cuadro de Dumont, eran gente pobre hecha a las luchas territoriales, que alternaban con el pastoreo. [...] Las vestiduras orientalistas indican que merece la pena ir allí, porque hay un patrimonio, hay una riqueza. Este cuadro nos muestra esto. Hay que vencer porque hay cosas que conquistar.

Como contraste al cuadro de Dumont, propuse a Teresa detenernos en el de Mariano Fortuny titulado *La batalla de Wad-Ras (Episodio de la guerra de África)* y pintado en ese lugar tan solo dos años más tarde, entre 1862 y 1863. A ambas nos interesó buscar una comparativa que nos diera más claves sobre el lenguaje formal del orientalismo aplicado a este suceso bélico y su forma de articularlo a través de la indumentaria. Teresa comentaba:

En Dumont se hace visible el encargo, en el de Fortuny se siente el mensaje de Goya, hay un dramatismo que el otro no tiene, el color y la belleza del cuadro de Fortuny no eclipsa la tragedia, [...] registra la guerra. Muestra la crueldad de la guerra sin que importe el bando. Goya siempre va a culpar al que porta las armas, porque es con esas armas con las que mata. [...] El cuadro de Fortuny marca horizontalidad. El de Dumont, verticalidad.

El arte y el gobierno

Ese mismo 19 de noviembre de la sesión, Teresa publicaba en *El País* un artículo de opinión sobre la incorporación de uno de sus cuadros a la sala Tàpies de la Moncloa[167]. Su texto respondía a la polémica suscitada por otro artista que protestaba por haberse colgado una de sus obras en el Consejo de Ministros y no en un museo. El cuadro de Lanceta, desde su instalación, ha acompañado numerosos encuentros presidenciales. Su posición en una de las paredes de la sala ayuda a encuadrar visualmente las numerosas imágenes mediáticas que transcienden de las conversaciones. Al igual que los muebles, el cuadro puede ser visto como un elemento decorativo más, una asociación que no incomoda a Lanceta en absoluto, debido a su prolongado interés por el ornamento, pese al desprestigio derivado del canon de la estética moderna. El ornamento —reclama Teresa— es, por el contrario, un motivo que nos acompaña en nuestros entornos domésticos, aquello que nos envuelve y ofrece un sinfín de identificaciones abiertas. En cambio, lo que sí inquieta a la artista es la nueva vida de esta obra, que fue adquirida por el Museo Reina Sofía durante la dirección de José Guirao poco después de ser producido (c. 1998). Para la artista, los cuadros, frente a los tejidos, ofrecen otra relación temporal. El tiempo expandido y profundo del telar difiere del tiempo del lienzo, más directo, liviano y vulnerable, más rápido, una forma que trata de contener el presente que se evapora mientras sucede. Por esto, los lienzos de Lanceta son muchas veces más versátiles e inestables, y generan constantes revisiones, reproducciones, nuevas combinaciones e incluso su destrucción y completa desaparición. Los cuadros a veces contienen diversos trozos de tiempo, fragmentos de los noventa que son ensamblados con nuevos fragmentos de las décadas siguientes. El cuadro de la Moncloa, al haber sido adquirido al poco tiempo de ser producido, no pudo incluir esta lógica de permutación y reformulación; quedó fijado y su composición ha permanecido intocada. La artista se refiere a esta dinámica de reproducción compositiva en los lienzos como una suerte de venganza (unos cuadros pertenecen a otros), algo que no aplica en los tejidos. Los lienzos contienen una mezcla de tiempos, los tejidos lo despliegan sin acotarlo, como materia informe.

La composición del cuadro de la Moncloa se articula en tres áreas formadas por un conjunto de trozos cuadrados y rectangulares pintados con tonos tierra sobre la tela. Se superponen varios círculos cosidos por encima de la superficie pintada, la mayoría de ellos de puntadas abiertas, círculos de líneas discontinuas, creando una relación fluida entre el interior y el exterior. Este tipo de recurso formal, el de las puntadas abiertas, se repite en la obra de Lanceta como una forma de coser que no es definitiva, un hilvanado previo a las formas concluyentes. En este sentido, también la provisionalidad tiene presencia en la obra, aunque la artista no haya podido volver a trabajarla. Desde lejos, desde la imagen televisada, el conjunto nos lleva a pensar en un campo sembrado, una trama o red que hace un guiño a los tejidos paracas precolombinos (que la artista llevaba años estudiando). Varias tramas flotando sobre un fondo visible, redes imperfectas que enfatizan una aproximación más bien lúdica frente a los lenguajes pulidos de las vanguardias del siglo XX. Y sobre estas, los círculos semiabiertos, inacabados, en preparación y sin término, que nos invitan a romper la recuperación de la trama imperfecta, a seguir mezclando las formas, sus límites y contornos, los tiempos frente al espíritu de los tiempos.

Notas

Introducción

1. Étienne Balibar, *We, the People of Europe? Reflections on Transnational Citizenship,* Princeton University Press, 2004.

Isla de Perejil: Dispositivo

2. El argumento se apoya también en el razonamiento de que los enclaves eran soberanos incluso antes de que Marruecos existiera como Estado nación propiamente dicho. En Ana I. Planet Contreras y Fernando Ramos López, *Relaciones hispano-marroquíes: una vecindad en construcción,* Ediciones de Oriente y del Mediterráneo, Madrid, 2005.

3. Pablo Rivas, «Enclaves españoles en África: plazas de soberanía, vestigios de un imperio», en *Diagonal,* 26 de mayo de 2015.

4. Mónica Ceberio Belaza, Ignacio Cembrero y Miguel Ángel González, «Los cascotes del imperio», en *El País,* 7 de septiembre de 2012.

5. «España y también Francia desarrollaron una estrategia de armar a los marroquíes pacíficos contra los marroquíes rebeldes [...]. Durante mucho tiempo hubo tropas indígenas al servicio de los españoles. Ya existían en 1732 [...] pero esta nueva fuerza de indígenas al servicio de España iba a ser organizada con mucha más consistencia y se llamaría Grupo de Fuerzas de Regulares Indígenas, actuando en territorio marroquí en las campañas coloniales y más tarde en territorio español en la Revolución de Asturias (1934) o en la Guerra Civil». En Joseba Sarrionandia, *¿Somos como moros en la niebla?,* Pamiela, Pamplona, 2012.

6. Romualdo Bermejo García, «Algunas cuestiones jurídicas en torno al islote de Perejil», en Real Instituto Elcano, ARI núm. 25, 2002.

7. Ignacio Cembrero, «Peñones e islotes: la nueva entrada de los "sin papeles" en España», en *El País,* 25 de agosto de 2012.

8. Ceberio, Cembrero y González, *op. cit.* (véase nota 4).

9. María Rosa de Madariaga en Rivas, *op. cit.* (véase nota 3).

10. Stefano Harney y Fred Moten, *The Undercommons: Fugitive Planning & Black Study,* Minor Compositions, Wivenhoe/New York/Port Watson, 2013.

11. Nancy N. Chen, «Speaking Nearby. A Conversation with Trinh T. Minh-ha», en *Visual Anthropology Review,* vol. 8, núm. 1, 1992.

12. María Rosa de Madariaga, «El falso contencioso de la isla del Perejil», en *El País,* 17 de julio de 2002.

13. Juan B. Vilar, «Memoria histórica y relaciones hispano-marroquíes», en *El País,* 8 de agosto de 2002.

14. Dionisio García Flórez, «Aspectos históricos del conflicto de la isla de Perejil», Real Instituto Elcano, ARI núm. 18, 2002.

15. Bermejo García, *op. cit.* (véase nota 6).

16. Ana Torres García, «Consideraciones sobre el encuentro en Barajas (1963): una ocasión perdida para las relaciones hispano-marroquíes», en *Hispania,* vol. LXXIII, núm. 245, 2013.

17. García Flórez, *op. cit.* (véase nota 14).

18. Ibíd.

19. Estados Unidos se interesó por el islote en 1835 para la instalación de una estación de carbón. Sin embargo, abandonó su intención tras la presión de Gran Bretaña, que no quería que se estableciera una presencia tan cercana a Gibraltar (en García Flórez, *op. cit.*).

20. En Planet Contreras y Ramos López, *op. cit.* (véase nota 2).

21. Datos tomados de Planet Contreras y Ramos López.

22. Gilles Deleuze, «What is a Dispositif?», en Timothy J. Armstrong ed., *Michel Foucault Philosopher,* Routledge, Nueva York, 1992, pág. 159.

23. Ver Maurizio Lazzarato, *Por una política menor. Acontecimiento y política en las sociedades de control,* trad. de Pablo Rodríguez, Traficantes de Sueños, Madrid, 2006.

24. Deleuze, *op. cit* (véase nota 22), pág. 166.

25. Ídem.

26. Louis Althusser, «Ideology and Ideological State Apparatus (Notes Towards an Investigation)», en *Lenin and Philosophy and Other Essays,* Monthly Review Press, New York, 2001, pág. 85.

27. Ídem.

28. Del programa de Son[i]a #248 en Radio Web MACBA: «Selfies y choreo-control», en *André Lepecki. Escenas eliminadas*, 14 de noviembre de 2017, a partir del min. 72:06. https://rwm.macba.cat/es/sonia/sonia-248-andre-lepeck**i**

29. Ellen Willis, «Beginning to See the Light» (Village Voice, 1977), en *The Essentials Ellen Willis,* University of Minessota Press, 2014.

30. En el primer volumen de *La historia de la sexualidad,* la parte IV se titula en francés «Le dispositif de sexualité», que en castellano se tradujo como «El dispositivo de sexualidad»; sin embargo, en inglés, pierde esa connotación al traducirse como «The Deployment of Sexuality». En el libro, Foucault presta atención a la dinámica de control de los dispositivos, dando importancia al sexo no solo como una práctica que debe ser examinada para acceder a los secretos de la vida privada de las personas, sino también como un objetivo de control y una cuestión política.

31. Michel Foucault, «The Confession of the Flesh: A Conversation with Alain Grosrichard, Gérard Wajeman, Jacques-Alain Miller, Guy Le Gaufey, Dominique Celas, Gérard Miller, Catherine Millot, Jocelyne Livi and Judith Miller», en Colin Gordon ed., *Michel Foucault: Power/ Knowledge: Selected Interviews and Other Writings, 1972-1977,* Phanteon Books, Nueva York, 1980, págs. 194-196.

32. Giorgio Agamben, «What is an Apparatus?», en *In What is an Apparatus? and Other Essays,* Stanford University Press, 2009.

33. Foucault trata de rastrear el comienzo del paso del *homo politicus* al *homo economicus* que Sylvia Wynter desarrolla, por ejemplo, en «Human Being as Noun? Or Being Human as Praxis? Towards the Autopoetic Turn/Overturn: A Manifesto», disponible en readingfanon.blogspot.com.

34. Michel Foucault, «Governmentality», en James D. Faubion ed., *Michel Foucault. Power: The Essential Works 1954-1984, vol. 3,* Penguin Books, Londres, 2000, págs. 201-222.

35. Michel Foucault, «The Courage of the Truth (The Government of Self and Others II)», en François Ewald, Alessandro Fontana y Frédéric Gros eds., *Lectures at the Collège de France 1983-1984,* Palgrave Macmillan, Londres, 2011, págs. 10-11.

36. Jacques Rancière expone el vaciado de la política y su sustitución por la policía (el control) en «Diez tesis sobre la política», incluido en *Política, policía, democracia,* trad. de María Emilia Tijoux, LOM Ediciones, Chile, 2006.

37. Maribel Casas, Sebastián Cobarrubias y John Pickles, «Stretching Borders Beyond Sovereign Territories? Mapping EU and Spain's Border Externalisation Policies», en *Geopolitica(s). Revista de estudios sobre espacio y poder,* vol. 2, núm. 1, 2011.

38. Sandro Mezzadra y Federico Rahola, «La condición poscolonial. Unas notas sobre la cualidad del tiempo histórico en el presente global», en Mezzadra ed., *Estudios postcoloniales. Ensayos fundamentales,* trad. de Marta Malo, Traficantes de Sueños, Madrid, 2008.

39. Brian O'Doherty, *Inside the White Cube: The Ideology of the Gallery Space,* University of California Press, 1999, pág. 15.

40. Tomo prestada aquí la noción de criticalidad que emplea Irit Rogoff en «Del criticismo a la crítica y a la criticalidad» para señalar el reconocimiento «no solo de nuestra propia imbricación en el objeto o el momento cultural, sino también de la naturaleza performativa de cualquier acción o postura que podamos adoptar en relación con él». Publicado por el EIPCP (European Institute for Progressive Cultural Policies) en 2003.

41. Juliane Rebentisch, *Estética de la instalación,* traducción de Graciela Calderón, La Caja Negra, Buenos Aires, 2018, pág. 15.

42. El grupo de lectura se reunió en varias sesiones de abril a junio de 2015 y se centró en el vocabulario que ha alimentado esta investigación. Cada sesión, de cuatro horas, era *protagonizada* por un término específico, introducido por un texto y una serie de obras presentadas por los y las artistas participantes: en orden de intervención, Xabier Salaberria, Younes Rahmoun, Heidi Vogels y Youssef El Yedidi. En la sesión introductoria se presentó el ensayo de Brian O'Doherty *Inside the White Cube:The Ideology of the Gallery Space,* junto con algunos ejemplos de transformaciones e intervenciones artísticas en el espacio expositivo. Todas las sesiones de lectura fueron grabadas. Para su reconstrucción, he utilizado dichos registros sonoros.

43. Arteleku fue un centro de arte puesto en marcha por la Diputación Foral de Gipuzkoa de 1987 a 2014. Se dedicó principalmente a fomentar la educación artística a través de la organización de residencias de artistas, talleres, seminarios y conferencias a cargo de artistas, comisarios, críticos y pensadores contemporáneos, con una dinámica viva entre las escenas artísticas local e internacional, permitiendo así el contacto y el intercambio entre profesionales del arte, estudiantes y jóvenes artistas. Arteleku ofrecía estudios, instalaciones y talleres para, por ejemplo, la producción de escultura, serigrafía o la edición de vídeo. Disponía de biblioteca y ofrecía un espacio para reunirse y trabajar sin limitaciones. Además, editaba la revista *Zehar,* referente nacional e internacional.

44. Miren Jaio, «Pronto y tarde. Nunca y siempre. Ya y todavía no. Aquí y ahora», en *Garmendia, Maneros Zabala, Salaberria: Proceso y método,* Guggenheim Bilbao Museoa, Bilbao, 2013.

45. Todas las intervenciones se inscribían en una iniciativa del artista Ibon Aranberri que tituló en euskera *Garai Txarrak* [Malos tiempos].

46. El taller estaba dirigido a artistas, críticos y comisarios interesados en reflexionar sobre la producción e investigación artística contemporánea y se configuró a partir de un grupo de quince personas que funcionó principalmente a través de sesiones privadas, pero que también tuvo momentos públicos en los que artistas y comisarios internacionales fueron invitados a dar conferencias y a trabajar con el grupo.

47. José Esteban Muñoz, *Utopía queer. El entonces y allí de la futuridad antinormativa*, trad. de Patricio Orellana, La Caja Negra, Buenos Aires, 2020.

48. Peio Aguirre, «H&H: Herencia e Historicidad», en su blog *Crítica y Metacomentario* (5 de febrero de 2011).

49. La construcción original fue derribada en 1930; en 1986 se construyó una réplica en el lugar original. Buscando un efecto turístico similar, se decidió reconstruir también el pabellón de la República Española en un emplazamiento deslocalizado de la ciudad olímpica; el edificio cayó en el olvido poco después de su construcción y más tarde se convirtió en un centro comunitario local y en biblioteca.

50. Con el ejercicio de replicar quedaba enfatizada la trayectoria de los autores del edificio, sobre todo de Sert, quien fuera miembro fundador del grupo GATEPAC y de su sección catalana, el GATCPAC, más activa que las secciones central o norte (madrileña y vasca). El énfasis en la autoría del pabellón a través de su figura era susceptible de encajar de manera más positiva con la retórica identitaria del presente de la ciudad y generar así un nuevo emblema turístico.

51. Carlos Sambricio, «Luis Lacasa vs. José Luis Sert: el pabellón de España en la Exposición de 1937», en Colomina, Lahuerta, Ochotorena, Pizza, Pozo y Wang eds., *Las exposiciones de arquitectura y la arquitectura de las exposiciones: La arquitectura española y las exposiciones internacionales (1929-1975)* [actas preliminares de congreso internacional celebrado en la Escuela Técnica Superior de Arquitectura de la Universidad de Navarra, Pamplona, 8 y 9 de mayo de 2014], T6 Ediciones, Pamplona, 2014.

52. Aguirre, *op. cit.* (véase nota 48)

53. Deleuze, *op. cit* (véase nota 22), págs. 167 y 168.

Peñón de Vélez de la Gomera: Tocar

54. María Rosa de Madariaga, *Abd el-Krim el Jatabi: La lucha por la independencia,* Alianza Editorial, Madrid, 2009.

55. Vicente Moga Romero, «El Peñón de Vélez de la Gomera en 1743: La ciudadela y la peste negra», en revista *Aldaba* 17, 1991.

56. De Madariaga, *op. cit.* (véase nota 54)

57. Ibíd.

58. Ibíd.

59. Moga Romero, *op. cit.* (véase nota 55).

60. Lucas Caro, *Historia de Ceuta,* Ayuntamiento de Ceuta, 1989.

61. Celestino García Fernández, *Geografía médica de Ceuta. Ceuta 1987* (primera edición de 1906), Ayuntamiento de Ceuta, 1987.

62. Moga Romero, *op. cit.* (véase nota 55).

63. Thomas Exarch, Juan de Figueroa y Joseph Serrano, «El contagio del Peñón que acredita los famosos tropheos de la Facultad Médica: Individual descripción de la constitución pestilente que padeció aquella plaza el año 1743», edición facsimilar, en la revista *Aldaba* 17, 1991.

64. El programa incluyó cuatro exposiciones, tres de ellas individuales (de Hiwa K., Carme Nogueira y Alejandra Riera), más una colectiva (con Chus Domínguez, Nilo Gallego y Silvia Zayas). Partiendo de las teorías posestructuralistas relacionadas con el texto, el interés se centraba en dejar atrás cualquier visión esencialista de la relación entre la obra de arte y su significado y desplegar otros modelos de producción de conocimiento.

65. Jean-Luc Nancy, *The Sense of the World,* University of Minnesota Press, 1997.

66. En inglés, *syncope* puede significar tanto síncopa como síncope. Isabel de Naverán ha utilizado el término síncope en su acepción de desfallecimiento como herramienta conceptual para su estudio sobre Antonia Mercé y Luque, *la Argentina.* En Isabel de Naverán, *Envoltura, historia y síncope,* Caniche Editorial, Bilbao, 2021.

67. Jacques Derrida, *On Touching, Jean-Luc Nancy,* Stanford University Press, 2005.

68. María Puig de la Bellacasa, «Touching techonologies, touching visions. The reclaiming of sensorial experience and the politics of speculative thinking», en *Subjectivity* 28, Palgrave Macmillan, 2009.

69. María Puig de la Bellacasa, «Matters of care in technoscience: Assembling neglected things», en *Social Studies of Science,* publicado *online* el 7 de diciembre de 2010.

70. Bruno Latour, «Why has critique run out of steam? From matters of fact to matters of concern», en *Critical Inquiry* 30(2), 2004.

71. Karen Barad, «On Touching – The Inhuman That Therefore I am (v1.1)», en *Diaphanes,* Zúrich-Berlín, 2014.

72. Ibíd, pág. 160.

73. Fabrizio Terranova (2016), *Donna Haraway: Story Telling for Earthly Survival* [Film]

74. Derrida, *op. cit.* (véase nota 67), pág. 130.

75. Eve Kosofsky Sedwick, *Touching Feeling. Affect, Pedagogy, Performativity*, Duke University Press, Durham y Londres, 2003.

76. Alessandro Petti, «Spaces of Suspension. The Camp Experiment and the Contemporary City», en Sari Hanafi ed., *State of Exception and Resistance in the Arab World,* Center for Arab Unity Studies, Beirut, 2010.

77. Rivas, *op. cit.* (véase nota 3).

78. Ceberio, Cembrero, y González, *op. cit.* (véase nota 4).

79. Mary Louise Pratt, «Arts of the Contact Zone», en *Profession* 91, 1991.

80. Ibíd, pág. 40.

81. Nora Sternfeld, «Belonging to the Contact Zone» en Anthony Lerman ed., *Do I Belong? Reflections from Europe*, Pluto Press, Londres, 2017.

82. James Clifford, *Routes, Travel and Translation in the Late Twentieth Century*, Harvard University Press, 1997.

83. Pratt, *op. cit.* (véase nota 79).

84. Derrida señala que «la necesidad de un largo rodeo nos sigue esperando, aunque podamos girar e ir continuamente de desvío en desvío», «de un giro hacia otros giros y vueltas de tuerca». Derrida, *op. cit.* (véase nota 67).

85. Esta iniciativa formó parte de una propuesta curatorial de Abdellah Karroum que incluía breves residencias en tres lugares diferentes, el Rif, Damasco y Ammán. Este proyecto se inició en noviembre de 2010, pocos meses antes de las protestas de la Primavera Árabe. La obra se expuso finalmente en Darat Al Funun, en Ammán, Jordania.

86. Pratt relaciona esta idea con el trabajo de Benedict Anderson en *Comunidades imaginadas* y con la importancia de la homogeneización del lenguaje respecto a la formación del Estado nación moderno. En Benedict Anderson, *Imagined Communities: Reflections on the Origins and Spread of Nationalism,* Verso, Londres, 2003.

87. Pratt, *op. cit.* (véase nota 79), pág. 38.

88. Martin Heidegger, *The Fundamental Concepts of Metaphysics. World, Finitude, Solitude,* Indiana University Press, 1995 [*Los conceptos fundamentales de la metafísica. Mundo, finitud, soledad,* Alianza Editorial, Madrid, 2007].

89. Nancy, *op. cit.* (véase nota 65), pág. 59.

Islas Alhucemas: Amistad

90. Según el diccionario de la Real Academia Española, cabila es un término árabe empleado para designar a las tribus de bereberes del norte de África, pero también el territorio en el que estas se asientan. En este sentido, una cabila funciona como una entidad política y social homogénea e independiente que ocupa un área determinada.

91. María Rosa de Madariaga, *Marruecos, ese gran desconocido. Breve historia del Protectorado español,* Alianza Editorial, Madrid, 2013.

92. Este conocido acuerdo, al que también se adhirió España, supuso la organización colonial del reino de Marruecos dividiendo las áreas de influencia entre Francia y España, pero también concediendo a Inglaterra la influencia sobre Egipto. El acuerdo dejó a Alemania sin ninguna concesión en la zona, provocando así la primera crisis internacional, conocida como la crisis de Tánger.

93. De Madariaga, *op. cit.* (véase nota 54).

94. De Madariaga, *op. cit.* (véase nota 90).

95. La historiadora mantiene esta afirmación con algunos documentos aportados por el coronel Riquelme en su comparecencia en la Comisión de Responsabilidades el 30 de julio de 1923.

96. El primer ataque aéreo con gas mostaza tuvo lugar los días 14, 26 y 28 de julio de 1923 contra la cabila de Temsaman. Los bombarderos intensificaron sus ataques durante 1924 y continuaron hasta el 10 de julio de 1927, oficialmente el último día de la guerra. Estos ataques no eran indiscriminados, sino que se dirigían a ciertas cabilas específicas.

Sin embargo, los bombarderos lanzaron gases químicos no solo sobre los combatientes, sino también sobre los bazares, causando numerosas víctimas entre la población civil.

97. Manuel Aragón Reyes, Manuel Gahete Jurado y Fatiha Benlabbah eds., *El Protectorado español en Marruecos. La historia trascendida*, vol. 3., Iberdrola, Bilbao, 2013.

98. Del apéndice del informe militar de julio de 1936, AEF, Maroc 1917-40, CPC, caja 208 (recogido en ibíd., pág. 328).

99. El término tricontinental se popularizó a partir de la Conferencia Tricontinental de La Habana en 1966, asociándose comúnmente con el contexto de la Guerra Fría. Linder propone situar esta línea de pensamiento antes de esa fecha para dar cuenta de un movimiento de solidaridad entre continentes ante la presencia colonial e imperialista de Europa. Thomas K. Linder, «Tricontinentalism Before the Cold War? Mexico City's Anti-Imperialist Internationalism», en revista *Esboços* 28 (48), Florianópolis, 2021.

100. Aristóteles, *Ética a Nicómaco,* introd., trad. y notas de José Luis Calvo Martínez, Alianza Editorial, Madrid, 2005.

101. Giorgio Agamben, *¿Qué es un dispositivo? Seguido de El amigo y de La iglesia y el Reino,* trad. de Mercedes Ribueso, Anagrama, Barcelona, 2015, pág. 39.

102. Jacques Derrida, *The Politics of Friendship,* Verso, Londres y Nueva York, 1997.

103. Chantal Mouffe, *On the Political,* Routledge, Abingdon y New York, 2005 [*En torno a lo político,* Fondo de Cultura Económica, Buenos Aires, 2007].

104. Peter Pál Pelbart, *Filosofía de la deserción: Nihilismo, locura y comunidad,* trad. de Santiago García Navarro y Andrés Bracony, Tinta Limón, Buenos Aires, 2009.

105. Giorgio Agamben, *The Coming Community,* University of Minnesota Press, 1996.

106. Leela Gandhi, *Affective Communities: Anticolonial Thought, Fin-de-Siècle Radicalism, and the Politics of Friendship,* Duke University Press, 2006.

107. Céline Condorelli y Johan Frederik Hartle, «Too Close to See: Notes on Friendship, a Conversation with Johan Frederik Hartle», en Stine Herbert y Anne Szefer Karlsen eds., *Self-organised,* Open Editions / Hordaland Art Centre, Londres, 2013.

108. Carol Brightman ed., *Between Friends. The Correspondence of Hannah Arendt and Mary McCarthy, 1949–1975,* Harcourt Brace, San Diego, 1995.

109. Hannah Arendt, «The Crisis in Culture: Its Social and Its Political Significance», en *Between Past and Future: Eight exercises in political thought,* The Viking Press, Nueva York, 1961.

110. Céline Condorelli, «Reprint», en *Mousse Magazine* 32, Milán, 2012.

111. «The Company We Keep: a Conversation with Céline Condorelli and Avery F. Gordon, part one», en http://howtoworktogether.org.

112. El grupo Península se desarrolló como una plataforma de debate sobre arte, colonialidad y comisariado relacionado con la historia española y portuguesa, sus procesos coloniales y la latencia de sus relaciones de poder en el presente. Para más información, véase: https://www.museoreinasofia.es/pedagogias/centro-de-estudios/investigacion/peninsula.

113. Se desplegaron varias líneas de investigación; una de ellas se denominó «Colonialismo interno en la Península: Espacios de suspensión, cuerpos, discursos e imágenes». La expresión «colonialismo interno» fue empleada críticamente por primera vez en México en la década de 1960 por autores latinoamericanos como Pablo González Casanova y Rodolfo Stavanhagen y, más recientemente, retomada por autores contemporáneos como Silvia Rivera Cusicanqui y Walter Mignolo. El término enfatiza la dinámica interna del colonialismo que opera dentro de las nuevas alianzas de poder en el presente. En particular, sobre el hecho de que las antiguas políticas coloniales se hubieran mantenido dentro de la retórica de los Estados tras su independencia. Estos autores apuntan a las dinámicas de transferencia colonial que generaron un fortalecimiento de las estructuras de poder contra las comunidades indígenas y afrodescendientes que siguen activas en la actualidad. Nuestro enfoque ponía el acento en analizar las dinámicas de poder extraídas del pasado colonial que operan todavía hoy en día en el control migratorio de África en Europa.

114. Sebastián Cobarrubias, Maribel Casas y John Pickles, «An Interview with Sandro Mezzadra», en *Environmental and Planning D: Society and Space* 29, 2011.

115. Desarrollé mi interés por el término y su influencia sobre lo curatorial en el contexto de dos conferencias públicas: la primera se presentó en el simposio titulado «Producir, exponer, interpretar» en Matadero Madrid en septiembre de 2009 y la segunda dentro del debate público sobre arte contemporáneo organizado por Can Felipa, Sant Andreu Contemporani y la Sala d'Art Jove de la Generalitat de Catalunya en Barcelona en diciembre de 2010.

116. Avery F. Gordon, *Ghostly Matters. Haunting and the Sociological Imagination,* University of Minnesota Press, 2008.

117. Heidi Vogels y Halbe Hessel Kuipers, «Of Other Worlds: A Dialogue on the Disappearing Gardens of Fez and the Different Worlds They Foster», en *Journal of Urban Cultural Studies* 3 (1), 2016.

118. Michel Foucault, «De los espacios otros» [Des Espaces Autres], conferencia dictada en el Cercle des études architecturals (14 de marzo de 1967) y publicada en *Architecture, Mouvement, Continuité* 5, octubre de 1984. Traducción de Pablo Blitstein y Tadeo Lima.

119. Criaturas introducidas por la mitología y la teología islámica.

120. Inició el proyecto en 2011 y a día de hoy se ha mostrado a partir de varias manifestaciones. La última en la exposición *Things Unseen,* en TENT (Rotterdam, 2022). El formato en esa ocasión fue una instalación cinematográfica.

121. Maya Deren, «La posesión religiosa en la danza» (1945), en Carolina Martínez ed., *El universo dereniano. Textos fundamentales de la cineasta Maya Deren,* Artea, Madrid, 2021.

122. Martin Zillinger, «Passionate Choreographies Mediatized. On Camels, Lions, and Their Domestication Among Isawa in Morocco», en Anselm Franke, *Animism Volume I,* Sternberg Press, Berlín, 2010.

123. Foucault, *op. cit.* (véase nota 118).

Islas Chafarinas: Display

124. Juan F. Gibaja, Antonio Faustino Carvalho, Manuel Rojo, Rafael Garrido e Íñigo García, «Production and Subsistence Strategies at El Zafrín (Chafarinas Islands, Spain): New Data for the Early Neolithic of North-West Africa», en *Journal of Archaeological Science* 39 (10), 2012.

125. José Luis Barrera, «Islas Chafarinas. La geología de un archipiélago deseado por todos», en *Tierra y tecnología* 30, 2006.

126. Juan Antonio Bellver Garrido, «La prehistoria de las islas Chafarinas a través de la arqueología», en Bravo Nieto, Bellver Garrido y Gámez Gómez eds., «Islas Chafarinas. La geología de un archipiélago deseado por todos», revista *Aldaba* 37, 2013.

127. Por ejemplo, en Barrera, *op. cit.* (véase nota 125).

128. En 2007, el Museo de Arqueología y el Museo Etnográfico abrieron sus puertas en los antiguos Almacenes de Las Peñuelas, construidos en 1781 y situados en la antigua Melilla fortificada. La apertura de estos dos museos pertenece a un plan especial de rehabilitación del recinto fortificado de Melilla iniciado en 1992 con la ayuda de los gobiernos local, federal y europeo. En Salvador Moreno Peralta, Antonio Bravo Nieto y Juan A. Bellver Garrido, *Catálogo del Centro de Interpretación de Melilla la Vieja,* Urania, Málaga, 2012.

129. Nadia Seremetakis, «The Memory of the Sense. Historical Perception, Commensal, Exchange and Modernity», en Lucien Taylor ed., *Visualizing Theory. Selected Essays from V.A.R. 1990-1994,* Routledge, Londres y Nueva York, 1994.

130. Frente a la progresiva desensualización de los objetos del pasado dentro de la evolución del museo, la autora también da cuenta de una influencia de retorno contraria. Una dinámica que ahora va desde las estrategias museísticas de exhibición del museo a la organización del trabajo de campo y al conocimiento que se extrae de este.

131. Bellver Garrido, *op. cit.* (véase nota 126).

132. Sonia Gámez Gómez, «Las islas Chafarinas a través de la cartografía. Del siglo XVI a la Ocupación», en *Chafarinas: El ayer y el presente de unas islas olvidadas I, op. cit.* (véase nota 126).

133. Carlos J. Esquembri, «La vuelta de Saturnino Jiménez y el contrabando de armas», en Bravo Nieto, Bellver Garrido y Gámez Gómez eds., *Chafarinas: El ayer y el presente de unas islas olvidadas II,* revista *Aldaba* 38, 2013.

134. Santiago Domínguez Llosá, «Los deportados de Primo de Rivera», en *Chafarinas: El ayer y el presente de unas islas olvidadas II,* ibíd.

135. Dicha ley se aprobó rodeada de polémica por su enfoque político. Entró en vigor el 1 de abril de 1986, restringiendo fuertemente los derechos de los migrantes sin acreditación legal de residencia. Pretendió sistematizar y hacer una lectura en clave democrática de toda la normativa anterior en materia de extranjería y adaptarla al nuevo contexto europeo (España entró en la Unión Europea el 1 de enero de 1986). Hoy es una ley ya derogada. Fue sustituida por la Ley Orgánica 4/2000.

136. Nicolás Sánchez Durá y Hasan G. López Sanz, *La misión etnográfica y lingüística Dakar-Djibouti (1931-1933) y el fantasma de África,* Universitat de València, 2009.

137. Tony Bennett, «The Exhibitionary Complex», en *Culture/ Power/History A reader in Contemporary Social Theory,* Princeton University Press.

138. Mary Anne Staniszewski, *The Power of Display: A History of Exhibition Installations at the Museum of Modern Art,* The MIT Press.

139. Bojana Kunst, «Dance and Work. The Aesthetic and Political Potential of Dance», en Gabriele Klein y Sandra Noeth, *Emerging Bodies. The Performance of Worldmaking in Dance and Choreography,* Transcript, 2011, pág. 17.

140. James Clifford, *Dilemas de la cultura. Antropología, literatura y arte en la perspectiva posmoderna,* Gedisa, Barcelona, 1995.

141. Ibíd.

142. La apertura del Museo de Historia Militar, en 1997, coincidió en el tiempo con la irrupción de un nuevo modelo de museo de arte, el museo global, incorporado por el Museo Guggenheim Bilbao, que abrió sus puertas ese mismo año. Este modelo conllevó cambios sustanciales que acabaron afectando e incluso poniendo en crisis lo que hasta entonces se entendía por una institución artística. La transformación urbanística y económica que lo acompañó sacudió cuestiones cruciales relacionadas con los límites que definen a un museo. La economía de los opuestos (fuera/dentro, abierto/cerrado, firme/flexible, colectivo/ individual, global/local) saltó por los aires. A partir de este momento nada significa lo que antes; el papel del museo proyectado sobre la reconversión urbana ha representado también un papel importante en las siguientes décadas. Cada ciudad, en cualquier parte del mundo, aspiraba al «efecto Bilbao» para transformar la realidad en nueva economía, nueva vida, nuevo paisaje.

143. Larraskito se inició como un taller de artistas ubicado en el barrio de Rekalde, en Bilbao, y funcionó también como asociación informal y lugar de encuentro hasta 2020. De manera pública, inició sus actividades como *netlabel,* para después centrarse en la organización de diversos eventos (por lo general con el nombre Le Larraskito Kluba-Club Le Larraskito). Fundado por Miguel A. García y Elena Aitzkoa en 2008, en el espacio han trabajado múltiples artistas; además de los fundadores, sus principales dinamizadores fueron Oier Iruretagoiena y Terri Florido.

144. Estos trabajos y otros pueden verse en: https://vimeo.com/marionclb.

145. Se imprimieron 10.250 ejemplares del libro, de los cuales 10.000 estaban numerados. El ejemplar utilizado por Marion Cruza Le Bihan es el número 494.

146. Desde el inicio del grupo de lectura, dos voluntarias elaboraron unas actas como forma de documentar los debates y la experiencia de cada sesión. Las actas se leían al comienzo de la sesión siguiente como una forma de establecer un vínculo entre las lecturas y las conversaciones.

147. Tras la expedición Dakar-Djibouti, Leiris trabajó como etnógrafo en el Museo del Hombre hasta 1971.

San Pietro in Montorio: Soberanía (epílogo)

148. Yvonne Rainer, *Feelings are facts: a life,* The MIT Press, 2006, pág. 264.

149. Trinh T. Minha-ha, *Woman, Native, Other. Writing Postcoloniality and Feminism,* Indiana University Press, 1989.

150. El Teatro de los Caños del Peral, demolido en 1818 debido a la amenaza de derrumbe de su estructura. En Pilar de Miguel Egea coord., *El arte del Senado,* Secretaría General del Senado, Madrid, 1999.

151. Manuel Chust, «La dimensión americana de la Constitución de 1812», en *1812: Legado liberal,* revista *Letras Libres* 126, marzo de 2012.

152. Silvia Rivera Cusicanqui desarrolla esta noción como una suerte de marco teórico y lo trabaja de manera transversal en toda su obra.

153. De Miguel Egea, *op. cit.* (véase nota 150), pág. 28.

154. Carlos Reyero en De Miguel Egea, *op. cit.* (véase nota 150).

155. En la colección de arte del Congreso de los Diputados los temas africanos también carecen de un espacio representativo, aparte de la icónica pareja de leones, símbolo del Parlamento, que fueron realizados por el escultor Ponciano Ponzano en 1865 a partir del fundido de los cañones requisados al frente rifeño por el ejército español en la batalla de Wad-Ras. El origen bélico del material de las esculturas levantó críticas entre algunos diputados proponiéndose incluso su destrucción. Finalmente, se instalaron en 1872 en el mismo lugar que ocupan en la actualidad.

156. La comparativa formal entre ambos cuadros surge de una conversación con Marion Cruza Le Bihan.

157. Achille Mbembe, *Necropolítica,* Melusina, Santa Úrsula (Tenerife), 2011, pág. 19.

158. Susan Buck-Morss, *Hegel y Haití. La dialéctica amo-esclavo: una interpretación revolucionaria,* Norma, Buenos Aires, 2005.

159. Jean-Luc Nancy, *Being Singular Plural,* Stanford University Press, 2000 [*Ser singular plural,* trad. de Antonio Tudela Sancho, Arena Libros, 2006].

160. Gilles Deleuze, *La imagen-tiempo. Estudios sobre cine 2,* Paidós, Barcelona, 1987.

161. George Bataille, *Lo que entiendo por soberanía,* selección, introducción y notas de Antonio Campillo, Paidós, Barcelona, 1996, pág. 64.

162. Antonio Campillo, *El amor de un ser mortal,* en Bataille, ibíd.

163. George Bataille, *La experiencia interior,* Gallimard, París, 1954.

164. Ibíd.

165. David Scott, *The Re-Enchantment of Humanism: An Interview with Sylvia Wynter*, en *Small Axe: A Caribbean Journal of Criticism* 4 (2), 2000.

166. Sylvia Wynter, «No Humans Involved: An Open Letter to My Colleagues», en *Forum N.H.I. Knowledge for the 21st Century*, *Knowledge on Trial* 1 (1), Standford, otoño de 1994.

167. Teresa Lanceta, «Cómo llegó mi obra a la Moncloa», en *El País,* 19 de noviembre de 2020.

Agradecimientos

Quisiera agradecer, en estricto orden aleatorio, su importante contribución a Bérénice Saliou, Xabi Salaberria, Younes Rahmoun, Heidi Vogels, Youssef El Yedidi, Marion Cruza Le Bihan, Teresa Lanceta, Mohamed Larbi Rahali, Nouha Ben Yebdri, Naziha Rabih, Fatna Kharraz, Carlos Pérez Marín, Antonio Bravo Nieto, Beatriz Cavia, Miren Jaio, Isabel de Naverán, Mohamed Charchaoui, Laila Eddmane, Maryam Jafri, Ane Aguirre, Ane Rodríguez Armendáriz, Gabriel Villota Toyos, Rosa Vergara, Ibai Madariaga, Teresa Vivanco, Keith Patrick, María Bella, Gorka Eizagirre, María Iñigo Clavo, Maribel Casas, Sebastián Cobarrubias, Mónica Carballas, Sally Gutiérrez Dewar, José Manuel Bueso, Margarita Alonso Campoy, Virginia Morant Gisbert, Samia Henni, Mar Villaespesa, Joaquín Vázquez, Miguel Benlloch, José Antonio Sánchez, Beatrice von Bismark, Benjamin Meyer-Krahmer, Rike Frank, Sabeth Buchman, Nirmal Puwar, Nicole Wolf, Helena Reckitt, Alessandro Petti, Berit Schuck, Aziza Harmel, Natasha Marie Llorens, Emily Pethick, Grant Watson, Pablo Martínez, Marwa Arsanios, Leon Filter.

A los y las participantes del grupo de lectura: Yasmina Temsamani, Ihsane Chetuan, Ouissame Elasri, Lamiae Arjafallah, Ferdaoussi Jihane, Houari Hassan, Harmouch Farah, Rim Balafrej, Oumaima Elkharraz, Elliot Brooks, Samuel Braikeh, Wiame Haddad, Mariam Souali, Aymeric Ebrard, Inma Sáez de Cámara.

También quisiera expresar mi gratitud a las siguientes instituciones y organizaciones por su apoyo durante el desarrollo de la investigación: Trankat Résidence d'artistes en Tetuán, Etxepare Euskal Institutua, Biblioteca del Instituto Cervantes de Tetuán, Biblioteca Abdelhalek Torres, Archivo Mohamed Daoud, Dar Sanaa Escuela de Artes y Oficios de Tetuán, Tabakalera Centro Internacional de Cultura Contemporánea, Cultures of the Curatorial (Academia de Bellas Artes Leipzig), Haus der Kulturen der Welt, Artea Investigación y Creación Escénica, Museo Nacional Centro de Arte Reina Sofía, UNIA Universidad Internacional de Andalucía, Bulegoa z/b, Azkuna Zentroa–Alhóndiga Bilbao, Dutch Art Institute (Roaming Academy), LE 18, Real Academia de España en Roma.

Me gustaría también mencionar el desafío absoluto que me ofreció el contexto académico del programa Curatorial/Knowledge del departamento Visual Cultures del Goldsmiths College University of London. Mi inmensa gratitud a Paul Martinon por su exigencia, a Stefan Nowotny por su sereno acompañamiento y a Irit Rogoff por tanto, pero sobre todo por creer en mí desde el principio, cuando solo era una niña, llena de pájaros, obsesionada con hacer el doctorado, ¿de dónde sacaría yo esa idea...?

Mil gracias por este último recorrido y por la inmensa paciencia a Carlos Copertone, Patxi Eguíluz e Isabel Lerma.

Por último, mi agradecimiento también a Enrike Hurtado y Nikole Hurtado. Sin su apoyo este libro no existiría.

REGISTRO FOTOGRÁFICO

Acantilados de Belyounech. Imágenes de Xabier Salaberria

Plataforma (2002), Xabier Salaberria
Fotografía de Manolo Laguillo para *Inkontziente/Kontziente* (2011), Xabier Salaberria

Îlot Persil (2015), Xabier Salaberria

Camino a Vélez de la Gomera. Imagen de Heidi Vogels
Vélez de la Gomera. Imagen de Younes Rahmoun

Camino a Badis. Imagen de Younes Rahmoun
Badis. Imagen de Heidi Vogels
Beni Boufrah. Imagen de Younes Rahmoun
Ghorfa. Beni Boufrah. Imagen de Younes Rahmoun

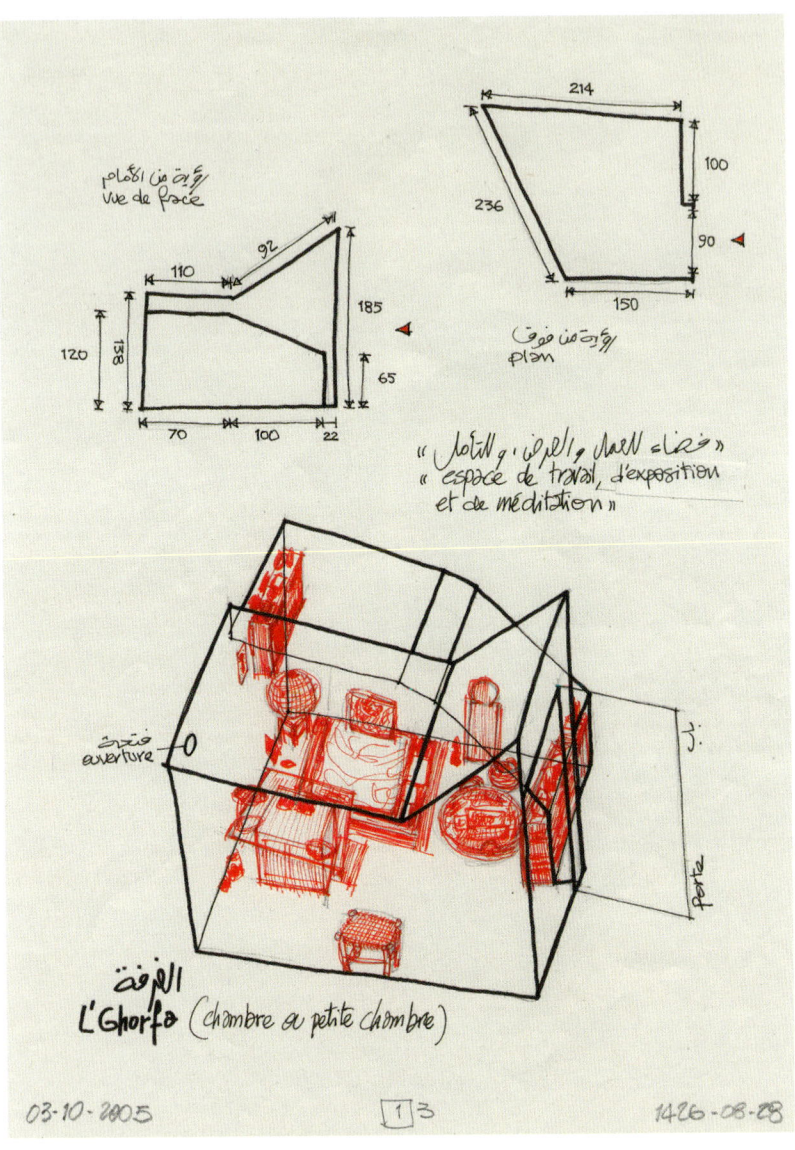

Ghorfa, Al-Âna/Hunâ #1 (Habitación, Ahora/Aquí #1) (2005), Younes Rahmoun

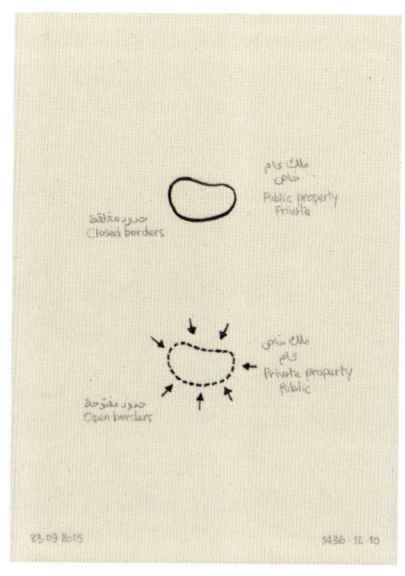

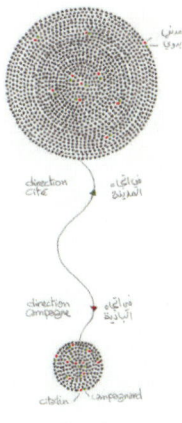

Milk-Khâs-Âm (Propiedad-Privada-Pública) (2015), Younes Rahmoun
Badiya-Madina (Pueblo-Ciudad) (2012), Younes Rahmoun

Peñón de Alhucemas. Imagen de Heidi Vogels
Cámara de Heidi Vogels. Imagen de Younes Rahmoun

Playa Sfiha. Imagen de Heidi Vogels
Gardens of Fez (2012-presente), Heidi Vogels

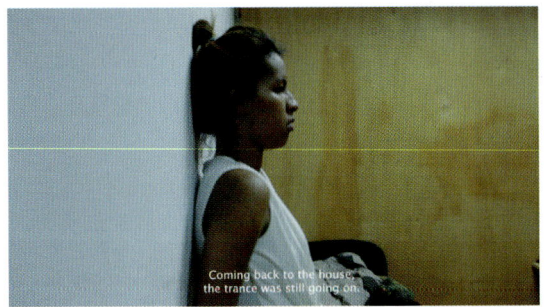

Coming back to the house, the trance was still going on.

Cine Le Jardin d'Eté en 1939. Imagen de Charles Tosi, Archivo Adafes.
A su dcha., parque Jnan Sbil. Imagen de Heidi Vogels
Debajo, fotogramas de *Gardens of Fez*. Heidi Vogels

Alhucemas Islands: Friendship (2015), Heidi Vogels

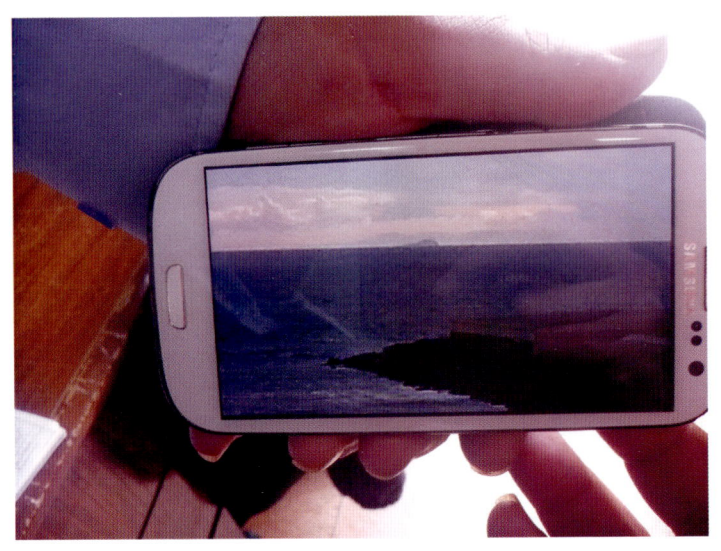

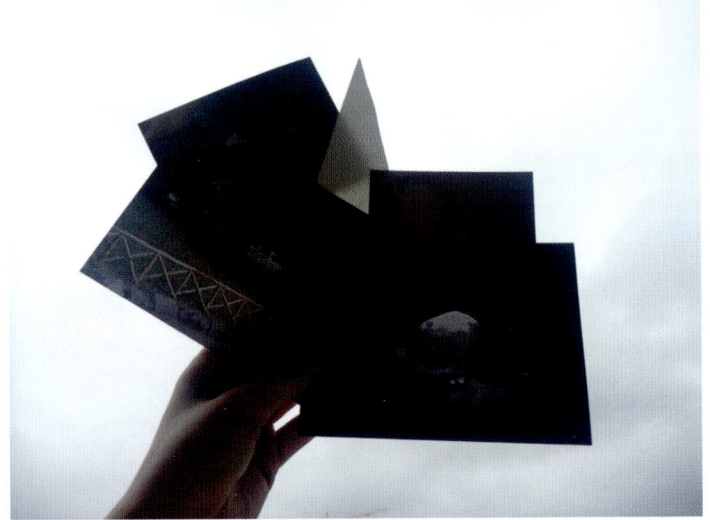

Chafarinas. Imagen de Marion Cruza Le Bihan
1020 Items (2014), Marion Cruza Le Bihan

La métamorphose des dieux y *2014* (2014), Marion Cruza Le Bihan
Al otro lado (2015), Marion Cruza Le Bihan

Items Marroc (2015), Marion Cruza Le Bihan

Lugar de escritura en la Academia de España en Roma. Imagen de Leire Vergara
S/T (1997-1998), Teresa Lanceta. Imagen de Museo Reina Sofía / Joaquín Cortés y Román Lores

Grupo de lectura «Dispositivos del tocar» (2015), Tetuán